아름다움을 꿈꾸는
'꽃줌마' 양쥐언니의

Beauty Diary

아름다움을 꿈꾸는 '꽃줌마' 양쥐언니의 Beauty Diary

발행일	2020년 5월 11일		
지은이	양지혜		
펴낸이	손형국		
펴낸곳	(주)북랩		
편집인	선일영	편집	강대건, 최예은, 최승헌, 김경무, 이예지
디자인	이현수, 한수희, 김민하, 김윤주, 허지혜	제작	박기성, 황동현, 구성우, 장홍석
마케팅	김회란, 박진관, 장은별		
출판등록	2004. 12. 1(제2012-000051호)		
주소	서울특별시 금천구 가산디지털 1로 168, 우림라이온스밸리 B동 B113~114호, C동 B101호		
홈페이지	www.book.co.kr		
전화번호	(02)2026-5777	팩스	(02)2026-5747

ISBN   979-11-6539-201-7 03810 (종이책)   979-11-6539-202-4 05810 (전자책)

이 도서의 국립중앙도서관 출판예정도서목록(CIP)은 서지정보유통지원시스템 홈페이지(http://seoji.nl.go.kr)와 국가자료공동목록시스템(http://www.nl.go.kr/kolisnet)에서 이용하실 수 있습니다.
(CIP제어번호: CIP2020018011)

아름다움을 꿈꾸는
'꽃줌마' 양쥐언니의

Beauty Diary

청 쥐 언 니 의 뷰 티 칼 럼

양지혜 지음

북랩 book Lab

핑크를 사랑하는 여자,
'인생도 피부도 핑크빛'

77년생 뱀띠 아줌마 양지혜입니다. SNS를 통해 일상과 뷰티, 다이어트와 식단, 이너뷰티 정보를 공유하는 40대 중반의 아줌마예요. 많은 분들이 저를 '인플루언서'라고 불러 주시지만, 저는 저 자신을 아이 둘을 키우는 워킹맘이라고 소개하고 싶습니다.

올해로 육아와 살림이 16년 차인 '주부9단'이고 맛집과 카페 나들이보다 마트 장보기가 더 익숙한 생활을 하고 있습니다. 친구 같은 엄마가 되고 싶어서 아이들 눈치를 보는 소심한 엄마이기도 합니다.

육퇴(육아퇴근) 후에 맥주 한 잔을 마시며 드라마 보는 게 유일한 낙인 평범한 주부예요. 또한 '평생 아름다운 여자'로 늙어 가고 싶은 간절한 꿈을 위해 노력하는 44살의 '보통여자'이기도 합니다.

30대 후반에 다이어트를 결심하며 시작된 저의 이 작은 꿈은 저에겐 '여자의 본능'이 아닐까 생각해요.

아름다움을 향한 여자들의 욕망은 누구나 똑같지 않을까요? 태어나는 순간부터 예쁘다는 말을 듣길 좋아하고 예쁜 옷, 예쁜 꽃, 예쁜 인형에 감동하는 것이 우리네 여자잖아요.

우리는 항상 젊고 화사한 여자로 기억되길 꿈꾸며 살아갑니다. 하지만 엄마가 되면서 그 여자의 꿈이 서서히 멀어져 가는 것을 느끼죠. 현실의 벽이 높아서, 고단한 삶에 지쳐서, 가족과 아이들을 위해 헌신하느라 우리가 내 안에 살고 있는 '여자'를 포기할 수밖에 없는 이유는 셀 수 없이 많은 것 같습니다.

저 역시 그런 엄마 중 한 사람이었고 주부로서 당연히 감수해야 할 의무와 책임이라고 생각해 본 적이 있었습니다. 그러던 중 아이를 낳고도 여전히 자신을 가꾸고 관리하는 친구들을 보면서 저의 선택이 저만의 합리적인 '타협'이었음을 깨달았습니다.

저는 지금도 여전히 핑크라면 사족을 못 쓰는 소녀감성을 잃지 않은 여자였습니다. 제 딸처럼 피부 트러블이 생기면 많이 속상하고 예쁜 옷과 화장품을 보면 눈이 더 반짝이는 보통의 여자더라고요. 그리고 지금은 나이를 먹어도 항상 젊고 아름다운 미모를 지닌 '꽃줌마'를 간절히 소망합니다.

여자는 나이를 먹어도 여전히 여자라는 말처럼 저도 평생 제 안에 사는 여자를 가꾸며 사는 여자로 늙고 싶습니다. 물론 엄마이자 아줌마지만요.

이 책은 그런 저 양지혜의 뷰티 철학과 관리법을 담은 소심한 저의 고백이자 저의 뷰티 일기장입니다.

CONTENTS

ANGY
BEAUTY
DIARY

1. 365일 젊음을 꿈꾸는
'꽃줌마'로 살기

"일기장은 오늘의 기록이자 오늘보다 더 나은 내일을 살고자 하는
간절한 제 마음의 기도입니다.
제 일기는 삶과 여자 그리고 젊음을 향한 선명한 욕망을 담고 있습니다."

세월에 지지 않는 아름다움을 연구 중인 44살 아줌마 양쥐언니입니다. SNS로 몇 년째 소통하며 저의 일상은 물론이고 여자를 아름답게 하는 수많은 시도와 경험을 나눴어요. 아로셀 홈케어 제품, 다이어트 운동법과 식단까지 여자가 예뻐지는 데 필요한 모든 것이 저의 관심사라서 인친(인스타그램) 분들과 정말 많은 이야기를 함께했던 것 같아요.

늙지 않는 젊음을 꿈꾸는 '양쥐의 일기장'도 어느덧 해를 넘겨서 봄이 왔네요. 나이 앞자리 숫자는 바뀌었지만, 젊음과 아름다움에 대한 저의 마음은 더 불타오르네요.

"여자의 관리는 무덤에 들어가기 전까지 계속되어야 합니다."

처음 다이어트로 8kg 감량에 성공했을 때 체중을 유지하려면 운동을 멈출 수 없었어요. 그뿐인가요? 체형이 균형을 찾고 났더니 피부 나이를 무시할 수 없더라고요. 감량으로 홀쭉해진 얼굴이 밉상이라 유지 관리의 목적으로 집에서 피부 관리까지 시작하게 됐어요. 그렇게 시작된 홈트레이닝과 홈케어가 벌써 해를 넘어서 계속되고 있네요.

젊음은 절대 공짜로 얻어지지 않아요. 나이가 들수록 더 끈기와 독함이 필요한 것이 자기 관리인가 봐요. (웃음) 애들 둘을 키우면서 여자로 산다는 일이 쉬운 일은 아니잖아요. 온종일 운동하고 에스테틱이나 피부과에서 관리만 받을 수 있다면 좋겠지만, 현실은 엄마에게 그런 삶의 여유를 허락하지 않죠.

그래서 저는 조금 더 부지런한 아줌마로 살고 있어요. 조금 덜 자더라도 시간을 최대한 활용하려고 애씁니다. 아이들이 학교나 학원에 가 있는 잠깐의 틈을 이용해 빠듯하게 운동하고 집에서라도 제 인생 피부 아이템인 패드, 크림, 앰플, 마스크 팩으로 피부 관리에 힘쓰면서 제 남은 인생의 젊음을 지키려고 노력해요.

특히 홈케어는 무척 신경 쓰는 부분이에요. 아침저녁으로 5~10분씩 투자하는 것만으로도 눈에 띄는 효과를 느낄 수 있더라고요. 집에서 직접 관리를 하니까 편하고 피부과나 스

킨케어 전문점에 투자할 시간과 비용까지 아낄 수 있으니 일거양득이잖아요.

요즘은 기능과 효능이 탁월한 홈케어 제품도 무척 잘 나와서 관리가 정말 편리해졌죠. 잊지 않고 꼬박꼬박 바르기만 하면 젊음을 지킬 수 있어요. 여자로서 참 행복한 시대를 살고 있네요.

그래서 저는 딸한테는 친구 같은 엄마이지만, 반대로 하고 싶은 게 정말 많은 '철들지 않는 여자'이기도 해요. 제가 노화와 씨름하는 동안 훌쩍 커버린 딸아이는 관리하는 엄마를 '꽃줌마'라고 불러 줘요. 늘 관리하고 예쁘게 나이 먹어 가는 엄마가 좋다고 말해 주는 딸이 참 고마워요.

한창 멋 부리고 싶을 나이인 딸은 메이크업 제품에 관심이 많은데요. 같이 아이쇼핑하러 다니는 재미도 쏠쏠해요. 집에서 쉬는 날은 딸과 함께 운동도 하고 같이 '탱탱콜라팩'도 해요. 친구처럼 지내는 철없는 엄마지만 행복한 마음은 감출 수가 없네요.

밥하고 청소하고 빨래하는 살림이 일상이고 아이들 뒤치다꺼리가 생활인 아줌마로 삽니다. 하지만 여자로 아름답게 늙고 싶다는 희망은 절대로 사라지지 않아요. 시간을 멈출 수는 없지만, 피부 노화는 늦출 수 있잖아요. 반드시 늦출 수 있습니다. 지금은 좋은 제품을 꾸준히 바르고 잘 먹는 것만으로도 젊음을 유지할 수 있는 시대예요.

그래서 저는 갱년기 아줌마 인생을 걸고 부지런히 노력합니다. 함께 아름다워지는 방법을 고민합니다. 누구나 꿈꾸는 기적 같은 변화를 매일 찾으며 끊임없이 소통하고 또 소통합니다. 그렇게 매일을 살며 365일 젊고 건강한 '꽃줌마'로 늙어가길 기도하고 소원합니다. 저의 이야기는 '꽃줌마'를 향한 저의 생각과 피부 관리에 대한 솔직한 수다예요. 이제 철들지 않는 '꽃줌마' 양쥐언니의 뷰티칼럼을 시작합니다.

2. 아름다운 오늘을 사는 '긍정의 힘'

"만리장성을 쌓듯 차근차근 아름다움을 쌓는다.
내면부터 외면까지 잘 쌓은 미모는 절대 무너지지 않는다."

여러분의 스트레스 해소법은 무엇인가요? 저는 육아 퇴근 후 마스크 팩을 붙이고 드라마를 보면서 하루의 피로와 스트레스를 풉니다. 은근히 집순이라 소파에 늘어져 쉬는 것을 좋아해요. 텔레비전을 보면서 종일 놀고, 먹고 쉬라면 몇 날 며칠을 반복해도 행복할 것 같네요.

하루라도 마음 놓고 쉬고 싶은 마음은 모든 엄마의 소망이 아닐까 싶습니다. 해도 해도 끝이 없는 살림의 무한 반복은 365일 휴일을 허락하지 않죠. 여기에 일과 육아, 자기관리를 병행하면 하루가 정말 숨 가쁘게 지나가 버립니다.

게임 미션을 수행하듯 부지런히 일과를 처리하다 보면 시간은 금방 지나지만, 몸과 마음은 너덜너덜한 넝마가 되기 일쑤예요. 마음 같아서는 가방을 싸서 당장 여행이라도 다녀오고 싶지만, 현실은 결코 주부의 일탈을 허락하지 않습니다.

기계도 쉬지 않고 일하면 과부하가 걸리듯이 우리에게도 적당한 휴식과 여가가 필요합니다. 훌쩍 떠날 수는 없어도 틈틈이 심신을 돌볼 여유를 가져야 합니다. 누적된 피로와 스트레스는 만병의 근원이라고 하잖아요. 좋은 엄마, 좋은 아내, 멋진 여자로 오래오래 롱런(long-run)하기 위해서라도 '나만의 스트레스 해소법'을 갖는 것은 중요한 것 같아요.

스트레스 관리와 긍정적인 마인드는 건강과 젊음을 유지하는 데도 필요한 요소입니다. 우울하고 부정적인 생각은 우리를 무기력하고 나태하게 만들거든요. 밝고 건강한 마음에서 젊고 아름다운 미모가 탄생한다고 해도 과언이 아니에요.

산후우울증이나 갱년기 우울증을 경험해 본 분들은 아시겠지만, 심적으로 위축된 상태에서는 어떤 의욕도, 행복도 느낄 수가 없어요. 자신을 돌보고 가꾸려는 노력도 의지의 문제라서 우선은 스트레스를 잘 조절하면서 늘 밝고 에너지 넘치는 컨디션을 유지하는 것이 좋아요.

10년 더 젊게 살고 10년 더 건강한 몸을 유지하려는 저 역시 매일 스트레스를 받고 때론 힘든 일로 마음고생을 합니다. 불현듯 찾아오는 미래에 대한 불안과 외로움에 슬퍼질 때도 있어요. 하지만 마음을 무겁게 하는 생각은 최대한 짧게 고민하고 훌훌 털어버립니다.

전전긍긍하며 속상해할 바에는 맛있는 음식을 먹으며 친구들과 수다를 떨고 두 아이와 집에서 즐겁게 지내며 즐겁게 지내려고 노력해요. 그리고 평소보다 더 열심히 일하고 더 열정적으로 운동을 하고 더 꼼꼼히 스킨케어를 하며 나를 사랑해 줍니다.

"최고의 긍정은 단순함이고 최고의 행복은 지금 이 순간이다."

SNS를 통해 보이는 저의 일상은 먹고, 듣고, 보고, 운동하고, 바르는 실천과 행동이 전부지만, 그 이면에 담긴 마음은 웃음과 행복입니다.

매일 친구처럼 소통하는 인친들이 있어 외롭지 않고 꾸준히 노력해 얻어지는 결과로 성취의 기쁨을 함께 나눌 수 있어 행복합니다. 또 평범한 아줌마이지만 '좋은 것은 함께 나누는 삶을 살자'는 제 인생 목표를 작게나마 이루며 산다는 사실에 감동하고 건강하게 무럭무럭 자라주는 두 아이를 보며 늘 감사합니다.

이런 사소한 고백들이 모여서 긍정의 에너지를 끌어내 주는 것 같아요. 마법의 주문을 외우듯이 일상의 소중함을 하나씩 되뇌다 보면 힘들고 지친 마음도 눈 녹듯이 사라지는 것을 느낍니다. 그리고 '더 열심히 살자!' 하는 의지가 샘솟으며 '철들지 않은 여자'의 꿈을 향해 달리게 됩니다.

인생을 뒤바꾸는 기적 같은 변화는 생각하기에 달려 있다고 하죠. 사람에 따라서 누군가에게는 평생 일어나지 않는 기이한 일이 기적이고 누군가에게는 일상에 흔한 사소한 변화조차 기적으로 다가온다고 해요.

여러분은 어느 쪽인가요? 저는 매일 기적이라 생각하며 감동하고 감명하며 살아갑니다. 이 떨림과 설렘에서 힘을 얻어 오늘을 살고 또 기적 같은 내일을 기대하며 행복한 마음으로 잠을 청합니다.

늘 행복한 상상을 하고 그 꿈을 위해 열정적인 오늘을 살자고 말씀드리고 싶습니다. 내면에 담긴 마음까지 넉넉하고 아름답게 가꾸며 10년 더 젊은 얼굴, 뒷모습까지 아름다운 여자로 천천히 나이 들어가길 바랍니다.

Beauty Diary

3. 평범한 주부의 홈케어,
그 시작과 끝 그리고 믿음과 신념

"젊음도 노래 한 곡의 여유가 필요하다.
까닭 없는 조급함이 노화를 부추긴다."

평범한 주부로 산다는 말을 자주 합니다. 주부의 '평범'은 살면서 결코 가볍게 느껴지지 않네요. 모든 것이 낯설고 힘에 부쳤던 첫 육아는 이제 추억이 됐지만, 아직도 주부의 하루는 고단하고 바쁘게만 흘러갑니다.

주부의 일상이란 국방부 시계처럼 끝없는 반복이자 성실로만 무장한 생활의 연속인 것 같습니다. 가족의 건강과 행복을 우선시해야 하는 '주부의 책임감'이 커질수록, 저 자신을 잃어가는 쓸쓸함도 점점 더 커집니다. 그럴수록 저는 더 신나게 일하고 더 바쁘게 지내려고 노력합니다.

단순하게 생각하고 매사에 긍정으로 생각하는 성격은 저희 아버지를 꼭 닮은 것 같아요. 사업을 하셨던 아버지는 늘 바쁘셨지만, 마음의 여유만큼은 잃지 않으려고 노력하시는 분이셨어요. 아무리 피곤해도 제 앞에서는 다정함을 잃지 않으셨고 툭하면 유행가를 구성지게 불러 주시던 멋쟁이였습니다.

최근 인기리에 방송되었던 TV조선 프로그램인 〈미스터 트롯〉을 시청하다 보면 정말 아버지 생각이 많이 났어요. 특히 노사연 씨의 노래인 〈바램〉을 불렀던 임영웅 씨의 무대는 무척 인상 깊게 남아 있습니다. "등에 짊어진 삶의 무게가 온몸을 아프게 하고.", "내 시간도 없이 살다가 평생 바쁘게 걸어왔으니."라는 노랫말에 울컥하는 전율과 그리움을 느꼈네요.

쉴 틈도 주지 않고 흘러가는 것이 인생이라면 나 자신에게만큼은 조금 더 관대해져도 좋지 않을까 하는 생각도 들었습니다. 사실 모든 엄마의 마음이 그렇잖아요. 가족과 아이들을 위해서는 아낌없이 쏟으면서도 자신에게는 인색하게 되는.

제가 홈케어를 결심한 이유도 사실은 조금 더 절약하기 위함이었습니다. 일하고 살림하는 바쁜 생활에 지장을 받지 않으면서 젊음과 아름다움을 지킬 수 있는 최선의 선택이었다고 생각했습니다. 일부러 시간을 내서 관리를 받을 필요도 없고 직접 관리한 효과가 나오면 괜히 저 자신의 판단에 대한 자신감까지도 생기더라고요.

나이는 먹어도 절대 초라하게 늙고 싶지 않은 여자의 마음으로 시작한 관리였습니다. 다른 건 몰라도 화장품만큼은 꼭 저에게 맞는 좋은 제품을 선택하고자 노력했습니다. 나를 위한 작은 사치라는 생각으로 고급 원료와 좋은 성분으로 만든 확실하고 믿을 수 있는 제품만을 꼭 사용했어요. 결국 홈케어도 관리한 효과를 느낄 수 있어야 확실한 만족을 느끼는 거잖아요.

피부를 다루는 핸들링이나 제품을 바르는 관리 루틴도 중요하지만, 첫 번째는 무조건 제품입니다. 좋은 화장품은 ✔좋은 원료와 ✔믿을 수 있는 성분, ✔간편하고 쉬운 사용법, ✔확실한 효과를 두루 갖추고 있어야 합니다. 저 같은 평범한 주부도 어렵지 않게 쓸 수 있는 제품이어야 직접 관리하는 보람을 느낄 수 있잖아요.

> "여자의 뷰티 인생은 고무줄과 같다.
> 조금 더 힘을 줘 당길수록 더 길게 유지된다."

"세상을 더 넓고 길게 보고 더 많이 나누고 베풀며 살아야 한다."라던 아버지의 이야기를 저는 요즘도 생각합니다. 봉사와 나눔을 제 일처럼 생각하신 아버지의 따뜻함이 저의 유년기에 남은 것처럼 저도 애들에게 그런 엄마이자 여자로 기억되고 싶네요.

그리고 불혹이라는 나이에 연연하지 않으며 더 건강하고 아름답게 농익어 가는 여자의 인생을 살고자 노력합니다. '100세 시대'라고 하잖아요. "인생은 60세부터."라는 어르신들의 우스갯소리처럼 저의 뷰티 "인생은 마흔부터."라고 말하고 싶습니다.

저는 오늘도 여자의 젊음과 건강을 나누고자 부지런히 발품을 팔고 SNS로 소통합니다. 기쁠 때 함께 기뻐해 주고 힘들 때 더 힘이 되는 주위 분들의 관심과 응원이 있기에 가능한 일이었어요. 끝까지 변함없이 보답하는 마음으로 더 부지런히 일하며 더 여자의 젊음만을 연구하는 아줌마 양쥐가 되겠습니다.

4. 예뻐지는 생활습관 십계명,
"거울은 가까이, 손은 멀리!"

"피부를 소생시키는 '골든타임'은 '지금'입니다.
오늘 미룬 피부 관리는 내일의 후회가 됩니다."

많은 분이 저를 인플루언서라고 불러줍니다. SNS를 통해 영향을 주는 사람이라고도 해요. 일하고 살림하고 애들 키우는 일상으로 소통하는 아줌마에게 이런 호칭은 무척 수줍네요. 하지만 저의 평범한 삶도 나름대로 의미 있게 느껴져서 한편으로는 기쁘고 그만큼 책임감도 많이 느낍니다.

칭찬은 고래도 춤을 추게 한다고 합니다. 저 역시 인친 분들의 과분한 관심과 온정 넘치는 응원에 힘을 얻습니다. 그 응원에 힘입어 저는 '젊게 늙지 말고 살자'는 저의 소신을 지금까지 열심히 실천 중입니다. 영원히 '여자'로 살며 건강하고 아름답게 나이 먹어 가는 것이 저의 꿈이자 행복관이죠.

양쥐는 '여자는 나이를 먹어도 여전히 여자'라는 생각으로 자기관리에 힘을 쏟습니다. 아이들 뒤치다꺼리만 해도 하루는 순식간에 끝나버려요. 하지만 나 자신을 위한 시간만큼은 잊지 않고 챙기려고 노력합니다. 아무리 바빠도 30분 일찍 일어나고 30분 늦게 잠들면 가능해요.

"젊음을 지키는 데 왕도는 없습니다.
부지런히 바르고 조금 더 정성을 쏟으면 됩니다."

가끔 운동은 빼먹어도 저는 아로셀 기초화장품으로 홈케어만큼은 꾸준히 합니다. 매일 씻지 않는 사람은 없잖아요. 어차피 씻는 김에 5~10분 더 정성을 쏟는다고 생각하면 부담이 없어요. 세안 후에 아로셀 패드와 타임 앰플, 수분크림만 마사지하듯이 발라 주면 돼요.

얼굴이 칙칙하고 어두운 날은 아로셀 '콜라겐 마스크'를 얼굴에 올려놓고 숙면을 취합니다. 자고 일어나면 매끈하고 환해진 피부를 거울에서 확인할 수 있어요. 보통 일주일에 2~3회 정도 꾸준히 사용하면 더 큰 효과를 얻을 수 있어요.

동안 피부를 유지하는 데 홈케어만큼 중요한 것이 생활 습관입니다. '미인은 잠꾸러기'라는 말은 절대 거짓말이 아니라 사실입니다. 건강하게 먹고 충분한 수면을 취하는 것만으로

도 피부는 화사해집니다.

요즘은 피부 트러블이 생기기 정말 쉬워요. 매년 찾아오는 황사와 미세먼지는 물론이고 장시간 마스크 착용으로 피부가 예민해지기 쉽죠. 그 때문에 외출 후 피부에 노폐물이 남지 않도록 꼼꼼히 세안해야 합니다. 또 자극 없이 순한 화장품으로 자극받은 피부를 진정시켜 주는 것이 도움이 됩니다.

저는 하루에 자주 손을 씻고 손으로 얼굴을 만지지 않도록 주의합니다. 또 수시로 물을 마셔 주면서 부족한 수분을 보충하고 있습니다. 외출 중에도 얼굴이 메마르거나 화끈거리면 '곰돌이 패드'로 빠르게 3분 팩 관리를 합니다.

그리고 거울을 보는 습관은 강력히 추천합니다. 나태주 시인의 시 〈풀꽃〉의 구절처럼 자세히 보아야 예쁜 모습도 있어요. 거울 속 자신을 자주 보면 나도 모르게 자기애가 생기는 것 같아요. 자신감은 아름다움의 필수 요소라는 점 잘 아시죠?

거울을 보며 미소를 짓거나 웃는 표정을 연습하는 것도 피부 건강에 도움이 돼요. 경직된 얼굴 근육을 풀어 주고 피부의 혈액순환을 촉진해 주거든요. 무엇보다 수시로 내 피부의 상태를 점검하다 보면 피부의 문제점을 좀 더 정확히 파악할 수 있어요. 자기 피부의 성격과 문제점을 알면 홈케어가 쉬워집니다.

여자의 피부는 '지피지기면 백전백승'이라고 생각합니다. 여자의 내면과 외면의 아름다움을 가꾸는 일도 사실은 자신을 더 아는 것이 먼저인 것 같아요. 나의 피부 생활습관을 파악하고 아는 겁니다. 또한, 현재 가장 개선하고 싶은 피부 문제점은 무엇인지 정확히 알면 반드시 홈케어 효과를 기대할 수 있을 겁니다.

여자의 몸도, 마음도 지치기 쉬운 요즘입니다. 힘들 때 더 대동단결하는 대한민국의 저력을 다시 한번 실감하고 있는 요즘입니다. 모두 따뜻한 마음과 힘을 모아 이 시간을 잘 이겨 내길 양쥐는 간절히 소원합니다. 감사합니다.

5. 환절기 셀프 뷰티,
'표현'보다 '기초' 관리가 먼저!

> "흔들리지 않고 피어나는 꽃은 없다.
> 고민과 시련 속에서도 고귀한 아름다움은 존재한다.
> 잠을 자고 숨을 쉬듯 긍정을 품고 성실히 실천하면
> 여자의 아름다움은 저절로 완성된다."

뉴스를 통해 봄꽃 소식이 들리는가 싶더니 집 앞 골목까지 봄이 찾아왔네요. 낮에는 제법 포근하지만, 밤은 여전히 추워요.

이렇게 일교차가 클 때는 우리 몸도 변화를 겪습니다. 이맘때면 몸의 신진대사가 활발해지면서 자주 나른해지고 면역력이 떨어져 감기에 걸리기 쉬워요. 그뿐만 아니라 호르몬 밸런스가 무너지면서 피지 분비량이 증가하고 피부 트러블이 자주 생깁니다.

봄철 피부 트러블의 원인은 다양합니다. 극심한 일교차는 물론 황사와 미세먼지, 강렬해진 자외선 등 외부 환경요소의 영향도 무시할 수 없어요. 요즘은 마스크까지 한몫 더해 피부가 무척 민감하고 예민한 상태예요.

뽀루지나 여드름 같은 피부 트러블은 성별과 연령을 불문하고 고민거리가 됩니다. 울긋불긋 성난 부위는 화장을 해도 도드라져 보이고 자칫 잘못하면 색소 침착이나 흉터가 남을 수 있기 때문이에요.

흔히 "피부만 좋아도 예뻐 보인다."라고 하잖아요. 실제로 트러블이나 잡티 없이 깨끗한 피부는 뷰티의 기본이자 끝이라고 할 수 있어요. 기초가 탄탄하지 못한 건물이 쉽게 무너지듯이 기초 관리가 제대로 이뤄지지 않은 피부는 조그만 자극에도 손상되고 망가지기 마련입니다.

10대 시절 트러블성 피부였던 저는 여드름과 뽀루지가 심한 편이었어요. 20대가 되어서도 트러블 자국과 흉터가 스트레스였습니다. 피부과도 많이 찾아다녔고 외출할 때는 두꺼운 화장으로 숨겨 보기도 했습니다. 이런 수많은 시행착오 끝에 내린 결론은 '망가진 피부 건강을 근본부터 회복시키자'였습니다.

> "여자의 자기관리는 마라톤과 비슷하다.
> 뚜렷한 목표를 향해 멀리, 길게 바라봐야 한다.
> 또한 페이스 조절이 필요하지만, 절대 멈추지는 않는다."

맨얼굴부터 티 없이 맑은 상태가 유지될 때 진정한 피부 자신감이 생깁니다. 피부 상태가 고르지 못하면 화장을 해도 메이크업이 들뜨고 무너지기 쉽죠. 그래서 저는 클렌징부터 기초 관리에 무척 공을 들이는 편입니다. 특히 모공 속 노폐물 배출과 피부 수분 보충에 심혈을 기울여 피부의 신진대사를 원만한 상태로 유지하려고 애씁니다.

40대가 된 저의 모공 클렌징은 아로셀 '마시멜로우 폼클렌저'로 진행합니다. 스프레이 형태의 버블 타입 클렌저라 따로 거품을 내지 않아도 되니까 무척 편리해요. 물기가 닿지 않은 손에 쫀쫀한 버블 클렌저를 넉넉하게 덜어낸 다음 마사지하듯 얼굴 구석구석을 롤링하여 닦아내고 미온수로 씻어내면 얼굴이 촉촉하고 환해지는 것을 확인할 수 있습니다.

'마시멜로우 클렌저'는 이름처럼 하얗고 쫀쫀한 거품이 특징이에요. 탄력 있는 미세거품 입자는 메이크업 클렌징은 물론이고 면도할 때 쉐이빙 폼을 대신해서 사용해도 될 정도로 마일드합니다. 우수한 세정력과 고밀도, 고보습 탄력 거품이 끝이 아니에요.

자연 유래 성분의 EWG 그린 등급을 받은 순한 제품이라서 아이들도 안심하고 함께 사용할 수 있습니다. 자작나무 수액과 사포닌 성분이 함유되어 있어 피부 속 노폐물을 말끔히 씻어 주는 것은 물론이고 피부를 촉촉하고 건강하게 보호해 줍니다. 특히 피부 트러블로 고민하는 사춘기 아이들과 민감성 피부에게 추천하고 싶은 아이템입니다.

두꺼운 메이크업은 물론 모공 속에 남은 피지까지 말끔히 씻어주는 딥 클렌징 제품이라 화장한 날도 '마시멜로우 클렌저' 하나로 세안을 합니다. 그리고 '곰돌이 패드'로 피부결을 정돈하며 자칫 피부에 남아있을지 모를 잔여 노폐물을 닦아내 줍니다. 닦는 토너 패드로 마무리까지 확실히 해 주면 깨끗하고 촉촉한 물광 피부를 만날 수 있어요.

여자의 피부는 도화지와 같습니다. 모든 색은 하얀 도화지 위에서 더 선명하게 보이는 것처럼 피부도 맑고 고른 상태일 때 표현도 빛이 나는 법입니다. 홈케어는 이 피부 도화지를 맑고 깨끗하게 만드는 '사전 작업'이라고 할 수 있겠네요.

특별한 날 나를 더 특별하게 만들어 줄 놀라운 변신은 하루아침에 얻어지지 않습니다. 매일 조금씩 흰 도화지를 만드는 마음으로 씻고 바르세요. 맨얼굴부터 자연스러운 건강미가 느껴지는 피부에서 '아름다운 여자'라는 작품이 탄생합니다.

6. 명품 피부의 시작,
부드럽게 닦는 '초미세 클렌징'

"공기, 물, 햇볕, 건강, 젊음.
인생에 중요한 것은 이미 태어날 때 주어졌다.
우리의 노력은 이것들을 잘 지키고 가꾸는 일이다."

올해 중학교 3학년인 딸을 보면 저의 어릴 적이 생각납니다. 어릴 때는 털털하고 무뚝뚝하던 아이가 사춘기를 지나면서 부쩍 외모에 관심을 갖기 시작했어요. 얼굴이 어떻고, 피부가 어떻고 하는 이야기를 늘어놓는 모습을 보고 있자면 꼭 저의 어릴 때를 보는 것 같아서 괜스레 기분이 좋아집니다.

제 아이의 요즘 관심사는 여드름과 피부 트러블입니다. 딱 그 나이 때 제가 트러블성 피부로 고민이 많았어요. 정말 유전자의 힘은 위대하다는 것을 다시 한번 느끼면서 조금 더 적극적으로 아이의 이야기를 듣게 됩니다. 그리고 요즘은 딸과 함께 홈케어로 피부 관리를 하고 있어요.

제가 잘 맞았고 좋았던 화장품은 어김없이 딸에게도 잘 맞아요. 순한 제품을 골라 추천하고 같이 관리하는 즐거움도 크지만, 엄마표 관리를 받고 만족스러워하는 딸의 반응을 보면 그렇게 뿌듯할 수가 없더라고요.

사실 기초화장품은 피부 타입과 성격에 따라 잘 선택해서 발라야 한다고 합니다. 건성 피부는 보습과 영양 관리 제품이, 지성 피부는 오일 함량이 적은 수분 제품이, 민감성 피부는 자극이 덜한 무알코올 무첨가 제품이 적당하다는 이야기를 많이 들어 보셨을 거예요.

하지만 요즘 홈케어 화장품은 모든 피부용 제품도 많아요. 고급 원료만큼 안전하고 순한 성분을 사용한 바이오 화장품은 아이부터 어른까지 누구나 사용할 수 있다고 하니 한결 믿음이 갑니다.

저는 클렌저와 패드, 수분크림, 선크림까지 아이들과 함께 사용하고 있습니다. 특히 '버블 클렌저'는 저보다 아이들이 더 좋아하는 '인기 아이템'이에요. 어려서부터 관리하는 습관이 중요하다고 생각하는 저로서는 아이들에게 씻는 즐거움을 알려 준 '버블 클렌저'가 그저 고마울 뿐이죠.

여드름이 고민인 큰애는 트러블에 효과적인 '인싸템'이라고 칭찬 일색이에요. 약산성 클렌저라 피부 자극이 덜하고 세안 후 땅기지 않는 느낌이 좋다는 사용 후기까지 듣고 있네요.

개구쟁이 둘째 아들은 버블을 얼굴에 바르고는 면도하는 시늉을 하며 놀기 바빠요. 씻으라면 질색하던 아이가 요즘은 씻는 데 재미가 들린 것 같아 놀랍고 기특할 뿐입니다.

매일 아침저녁으로 저도 사용하는 아로셀 '마시멜로우 클렌저'는 버블 타입 세안제입니다. 무스를 짜듯 꾹 누르면 생크림 같은 버블이 한 손 가득 담깁니다. 기존의 '버블 클렌저'와 달리 거품이 고밀도로 탱탱하게 생성돼 분사 후에도 흐물흐물 흘러내리지 않아요. 몽글몽글한 크림을 물기 없는 얼굴에 얹고 손끝으로 마사지하듯 가볍게 얼굴 구석구석을 닦아 주면 메이크업까지 말끔히 지워집니다.

사실 저는 화장품을 살 때 클렌저까지 신경 쓰지는 않았던 것 같아요. 주로 유명한 회사 제품을 샀고, 메이크업은 클렌징 오일을 따로 구입해서 사용했습니다. 아무래도 진한 화장을 한 날은 클렌징 폼만으로는 부족한 것 같았거든요. 자연히 이중, 삼중 세안을 할 수밖에 없었고 클렌징에 많은 시간을 투자했습니다.

'마시멜로우 클렌저'를 만난 이후로 저의 피부 클렌징이 무척 간단해졌습니다. 세안제 하나로 메이크업은 물론이고 모공 속 노폐물까지 씻어낼 수 있으니까 별도로 화장을 지우거나 딥 클렌징 과정이 필요치 않아요. 약산성의 미세한 거품 입자가 강력한 세정 효과를 주기 때문에 피부 땅김이나 자극은 없습니다. 오히려 사포닌과 자작나무 추출물 등의 자연 유래 성분이 피부를 보호해 촉촉하고 화사한 피부를 연출해 줍니다.

피부에 바르는 앰플이나 크림을 선택할 때 우리는 성분은 어떤지, 피부에 잘 맞을지, 향기는 괜찮은지 무척 심사숙고하잖아요. 하물며 클렌징 오일 하나도 회사를 따져 가며 까다롭게 고르면서도 기초 세안제만큼은 대충 사용하는 경우가 많아요.

사실 세안제는 온 가족이 함께 사용하는 만큼 더 순하고 안전한 성분을 선택해야 합니다. 또한, 철저한 클렌징으로 피부를 말끔히 정돈해야 비싼 돈을 주고 산 화장품도 효과를 낼 수 있어요. 과도한 클렌징으로 자극을 받거나 오염 물질이 남은 상태에서는 피부가 좋아질 수가 없죠.

개인 청결과 위생이 필수 에티켓인 요즘입니다. 자극 없이 부드러운 미세 버블로 모공 속까지 반짝반짝 빛나는 피부 미인에 도전해 보는 것은 어떨까요?

7. 美 대륙에서 시작된
어린 동양 소녀의 '뷰티홀릭'

"처음 샀던 핑크빛 립글로스는 첫사랑 같아요.
언제나 '설렘'으로 기억되니까요."

저의 뷰티라이프는 사춘기 시절 드러그스토어(drugstore)에서 시작됐습니다. 부모님의 결정으로 중학교 2학년 때부터 미국에서 유학을 했어요. 한창 예민할 10대 중반에 시작한 타국 생활은 낯섦과 새로움의 연속이었습니다.

첫 등교를 하던 날부터 문화적 충격을 받았던 것 같아요. 학생들이 학교에서도 당당히 화장을 하고 액세서리도 자유롭게 착용하는 분위기였습니다. 미국 드라마 〈가십걸〉처럼 외모만큼은 모두 대학생 같았어요.

당시 한국은 학생들의 복장이나 두발 규정이 엄했잖아요. 액세서리나 화장을 하고 등교하는 일은 상상도 할 수 없었던 시절이었습니다. 어른들의 눈을 피해서 파우더나 립글로스를 바르는 것이 고작이었던 저에게 미국 친구들의 모습은 신선한 자극이 됐습니다.

한창 멋 부리고 싶은 나이가 사춘기잖아요. 미국 학교에 적응하고 보니 저도 슬그머니 색조 화장에 관심이 생겼습니다. 소심하고 수줍음이 많은 성격 탓에 과감하게 꾸미고 다니지는 못했어요. 친구들 옆에서 구경하고 조금씩 따라 하는 정도였던 것 같아요.

서로 화장도 해 주고 피부 고민도 이야기하면서 아이들과 자연스럽게 친해졌습니다. 서양인에 비해 동양인 피부가 촉촉하고 매끄럽다고 하잖아요. 제가 트러블성 피부인데도 친구들은 피부가 좋다고 자주 칭찬을 했어요.

그때 사람마다 피부 성격이 다르다는 것을 처음 알게 된 것 같아요. 그리고 피부에 자신감이 생기면서 스킨케어와 메이크업에 더 애착이 생겼던 것 같아요. 나중에는 친구들에게 좋은 제품도 추천하고 한국에서 사 온 화장품을 나눠 줄 정도로 '뷰티홀릭'이 됐죠.

"삶을 풍요롭게 하는 행복은 일상의 작은 변화에서 시작한다"

늦게 배운 도둑질이 무섭다고 했던가요? 하굣길에는 늘 화장품을 구경하러 다녔습니다. 당시 미국에서는 약국에서 기초부터 색조 화장품까지 팔았어요. 지금의 올리브영이나 롭스에 약국이 더해진 개념인데요. 저의 뷰티 다이어리는 여기서부터 시작했던 것 같네요.

어디서나 쉽게 화장품을 구입할 수 있으니까 용돈의 대부분을 화장품을 사는 데 썼습니다. 웬만한 제품은 이것저것 다 사서 써 보고 나에게 맞는 화장품을 찾는 실험정신을 발휘했어요. 조금 부끄럽지만 중고등학생 시절에도 공부보다 꾸미고 가꾸는 일이 더 좋았거든요.

당시 드러그스토어를 통해 처음 접하게 된 화장품 브랜드가 로레알과 메이블린 같은 회사였어요. 지금은 너무 잘 알려진 회사지만, 그땐 한국에 잘 알려지지 않았거든요. 이렇게 새로운 아이템을 발견하는 재미로 타지 생활에 적응했던 것 같습니다.

친구들에게 배운 뷰티는 주로 색조 메이크업이었어요. 전문적인 메이크업은 아니었지만, 한국의 또래 여자아이들에 비하면 일찌감치 메이크업에 눈을 뜬 편이죠. 아이라인을 그리고 섀도와 블러셔로 멋을 낼 줄 아는 10대 시절을 보냈어요.

덕분에 기초 관리의 중요성도 일찍 깨달았습니다. 자주 화장을 하는 만큼 피부 보호를 위해 기초화장품은 꼭 발랐어요. 귀가한 다음에는 화장으로 자극을 받은 피부를 진정시키기 위해 깨끗이 씻고 보습까지 신경 썼죠.

기초 케어는 한국에서 가져온 화장품 위주로 발랐어요. '늦둥이 딸을 예쁘게 잘 키워 보겠다'는 극성 엄마를 둔 덕분에 어려서부터 홈케어는 확실했던 것 같아요. 여자는 어려서부터 꾸준히 관리해야 한다는 저희 엄마의 뷰티 철학을 제가 그대로 닮은 것 같기도 해요.

이렇게 시작된 저의 뷰티 스토리는 이제 '젊음'을 향하고 있습니다. 피부는 기본 베이스가 튼튼해야 젊음도, 미모도 오래 유지할 수 있다는 생각으로 관리합니다. 매일 꾸준히 '비움과 채움'을 성실하게 '반복'하자고 다짐하며 저의 뷰티 일기장에 노력의 흔적을 기록합니다. 평생 젊고 생기 있는 '꽃줌마'로 살고 싶은 저의 소망을 위해서요.

8. 딸도 여자다! 엄마는 뷰티 전도사,
"트러블 피부, 안녕!"

"여자의 관리는 빠를수록, 노화는 느릴수록 좋다."

아름다움을 향한 욕망은 여자의 본능인 것 같아요. SNS로 소통하다 보면 저와 비슷한 생각으로 관리하는 주부님들을 만나게 됩니다. 일상부터 식단, 운동, 피부 관리까지 정말 다양한 부분에 관해 함께 이야기를 나누다 보면 오랜 친구를 만난 것처럼 반갑고 힘이 나요.

저에게 SNS는 무척 특별한 공간입니다. 피드를 통해 공유한 저의 피부 관리 루틴을 함께 실천하고 있다는 댓글에 보람을 느껴요. 또 "참 좋았더라.", "잘 따라 하고 있다."라는 후기까지 전해 주시는 분들의 메시지에 괜히 울컥하는 감동을 느끼기도 합니다.

이제 시작 단계에 불과한 저의 뷰티 일기장은 매일 이런 공감과 감동 속에서 성장하고 있습니다. 저의 최종 목표는 '아름답게 나이 드는 꽃줌마'예요. 50살이 되고 60살이 되어도 10년 더 어려 보이는 '젊음'을 위한 노력은 멈추지 않을 생각입니다.

실제 나이보다 젊고 건강하게 살고 싶은 마음은 누구나 똑같은 것 같아요. 저와 함께하는 양쥐님들 뿐만 아니라 저희 집 '모녀 3대'만 봐도 알 수 있어요. 저를 포함해 노후를 보내고 계신 친정엄마부터 아직 10대 중반인 딸 혜원이까지, 모두 자기만의 '아름다움'을 꿈꾸며 지냅니다.

각각 살아온 배경이나 처한 상황도 다르지만, 저마다 자신이 추구하는 미적 기준이 있더라고요. 저희 친정엄마의 고민이 깊게 팬 주름과 처진 피부라면 중3 딸의 고민은 피부 트러블에 맞춰져 있습니다. 그리고 그 고민을 개선하고 해결하려고 끊임없이 고민하고 노력합니다.

어릴 때는 선머슴 같았던 제 딸 혜원이가 화장품에 관심을 갖고 투덜투덜 피부에 대한 고민을 털어놓는 모습을 보면 웃음이 납니다. 엄마이자 여자로서 동병상련의 아픔을 느낀다고나 해야 할까요? '딱 저 나이 때 똑같은 고민을 했었지' 하는 생각에 '해결사'를 자처하곤 해요.

저도 10대 시절에는 피부 트러블로 무척 고생했습니다. 뾰루지와 여드름 때문에 화장품도 신경 써서 발랐고 방학에는 엄마 손을 붙잡고 피부과도 다녔었어요. 그 체질을 그대로 물려받았는지 혜원이도 피부 트러블로 고생하는 편이에요.

사춘기 아이들은 조그만 변화에도 예민하잖아요. 어쩌다 이마나 볼에 뾰루지라도 생기면 종일 거울만 들여다봅니다. 그런 날이면 저는 '뷰티 전도사'를 자처합니다. 공부하라는 잔소리 대신에 아이에게 필요한 관리를 가르쳐 주면서 즐거운 시간을 가지려고 합니다.

"세상의 모든 딸은
엄마의 평생 친구이자 스승이다.
탄생부터 성장까지 감동과 기쁨을 주고
일상을 통해 '함께' 어른이 된다."

어릴 적 저희 엄마의 잔소리가 지금의 양쥐언니를 키운 것처럼, 저도 혜원이에게 '예뻐지는 법'을 알려 주고 싶어요. 아이가 원한다면 작은 것 하나라도 더 알려 주고 싶은 엄마의 마음이랄까요?

혜원이의 피부 트러블은 꼼꼼한 클렌징과 저자극 스킨케어로 관리하고 있습니다. 아직 피부가 연하고 예민한 나이라 가급적 순한 제품을 선택해서 사용합니다. 세안을 할 때는 마일드한 버블 클렌저로 씻으라고 해요. 피지 분비가 왕성할 나이잖아요. 피부에 안전하면서도 세정력이 우수한 클렌저로 모공 속 노폐물까지 말끔히 닦아내야 피부 트러블을 예방할 수 있어요.

세안을 할 때는 과도한 힘을 주어 문지르기보다는 손끝으로 살살 롤링해서 씻어 주고 콧볼 양쪽과 턱 아래, 미간 사이 등 피지선이 발달한 부위를 조금 더 세심하게 닦아 주라고 조언하고 있어요.

세안 후에는 토너와 수분크림을 발라 줍니다. 유분이 많은 사춘기 아이들 피부도 속은 건조하

기 쉬워요. 건조함으로 피부의 대사 기능이 떨어지면 피부에 쌓인 각질이 모공을 막아서 여드름이나 피부 트러블을 악화시킬 수 있거든요. 그 때문에 토너로 피부결을 정돈하면서 수분을 채우고 마무리로 보습을 위해 수분크림을 발라 줍니다.

이렇게 세안부터 기초 관리까지 함께하고 나면 딸과 조금 더 가까워진 기분이 됩니다. 매일 챙겨 주지는 못하지만, 가끔이라도 함께하는 시간을 만들어요. 평소 무뚝뚝한 딸도 이 순간만큼은 수다쟁이 여자아이가 되어서 엄마의 친구 노릇을 합니다.

엄마로 사는 행복은 별게 아니잖아요. 아이가 좋아하고 기뻐하는 모습만 봐도 흐뭇해지는 게 부모의 마음 아닐까요? 평소 저 자신의 아름다움을 지키기 위해 피부 관리와 홈케어에 힘을 쏟는 '여자'지만, 엄마로서 딸이 여자로 성장하는 모습을 보며 참 많은 것을 느낍니다.

고단한 일상을 반복하는 주부에게도 가끔은 고독과 외로움이 찾아옵니다. 불현듯 인생의 무게가 버겁게 느껴진다면 잠시 책임감은 내려두고 '함께하는 휴식'을 즐겨 보세요. 그리고 우리는 주부이고 엄마이기 전에 한 여자라는 사실을 잊지 않았으면 좋겠습니다.

9. 홈케어의 첫걸음,
'화장품 다이어트! 스킵케어가 대세'

"피부 나이는 '되감기'가 가능하다.
혹시히 관리하는 여자의 시간은 때론 거꾸로 흐른다."

40대 중반에 가까워질수록 외모 나이에 집착하는 자신을 발견해요. 중년의 아줌마에게 '젊음'은 언제나 아쉽고 그리운 부분이잖아요. 야속하게 흘러가는 세월을 붙잡아 두고 싶지만 마음대로 되지 않죠.

제 나이 즈음 되면 노화의 속도가 빨라짐을 느껴요. 조금만, 또 조금만 방심해도 급격히 탄력을 잃고 칙칙해진 얼굴을 발견합니다. 그 때문인지 "잘 관리했다."라는 칭찬을 들으면 속 좁은 아줌마는 기분이 정말 좋아요. 평생 아름답게 살고 싶은 여자에게 이보다 훌륭한 칭찬이 또 있을까요? (웃음)

'동안'이고 싶은 욕망은 해가 갈수록 강렬해집니다. 운동과 이너뷰티에 집중해온 제가 본격적으로 아로셀 관리를 시작하게 된 이유도 '체계적인 관리'의 필요성을 느꼈기 때문이에요. 아무리 좋은 피부를 타고났어도 노화는 피할 수 없는 일이죠.

원래 뷰티에 관심이 많았던 만큼 웬만한 화장품은 다 써 본 것 같아요. 유명 브랜드의 고가 제품부터 중저가 브랜드까지 좋다고 입소문이 난 제품은 이유 없이 무조건 샀던 것 같아요. 계획성 없이 무턱대고 사다 보니 잘 활용하지 못하는 경우가 많았고, 사실 제대로 된 효과도 보지 못했어요.

제가 작년 가을에 밀착 홈케어를 결심하고 제일 먼저 한 일이 화장대 정리였습니다. 잔뜩 쌓아둔 여러 제품을 비우고 매일 사용할 기초 제품 하나씩만 남겨 놨어요. 피부에 바르는 제품도 3~4단계로 확 줄였습니다. 홈케어 제품도 다이어트가 필요하더라고요.

화장대가 말끔해진 만큼 피부도 가벼워졌습니다. 요즘은 '스킵케어'가 대세라고 하잖아요. 최소한의 제품으로 최대의 효과를 느낄 수 있는 제품들이 많아요. 작년부터 시작한 저의 홈케어 기본 루틴은 아로셀의 '패드-앰플-크림' 이렇게 3단계예요.

세안 후에는 ph패드로 피부결을 정돈해요. 토너나 스킨은 생략합니다. 순면 패드 한 장이면 피부 노폐물과 각질 정리는 물론이고 유수분 공급까지 한번에 해결할 수 있거든요. 모공을 지워 주는 토너가 블랙헤드나 화이트헤드까지 관리해 줍니다.

피부가 자극받은 날은 패드를 얼굴에 3분 정도 올려놔요. 그럼 피부가 진정되는 것을 느

낄 수 있죠. 수분을 듬뿍 머금은 순면 패드라 피부에 자극이 덜하고 따로 화장 솜을 챙기는 번거로움이 없어요. 정말 요즘 무척 애용하는 '만능템'이에요.

피부결 정리를 마친 다음에는 '회춘 키트' 타임 리버스 키트를 발라요. 고농축 줄기세포 배양액이 피부 속 깊이 스며들어서 주름과 탄력을 회복시켜 주는 '안티에이징' 제품이에요. '절대 동안'을 꿈꾸는 저에게는 꼭 필요한 아이템이죠.

마무리는 수분크림으로 합니다. 피부 표면은 산뜻하게 유지하면서 속 건조는 잡아주기 때문에, 화장 전에 바르면 번들거림 없이 자연스러운 물광 피부를 연출해 줘요. 지속력도 뛰어나서 아침에 바르면 오후까지 촉촉함을 느낄 수 있더라고요.

이렇게 저는 매일 아침저녁으로 단 3개 제품을 발라요. 그리고 주 3~4회 정도는 콜라겐 마스크 팩을 추가합니다. 무척 간단하지만, 효과는 탁월해요. 화장품은 무조건 많이 바른다고 해서 좋은 게 아니더라고요. 단 하나를 바르더라도 내 피부에 부족한 부분을 채워줄 수 있어야 진짜 '케어'라 할 수 있어요.

"과유불급! 피부도 과식하면 탈이 난다.
피부 관리는 '양보다 질'이 중요하다."

누구나 피부 미인을 꿈꾸죠. 값비싼 화장품과 시술, 관리는 많지만, 꾸준히 지속할 수 있는 관리는 많지 않아요. 저는 간단한 홈케어 루틴을 정해서 '꾸준히', '계속', '자주' 지속하라고 조언하고 싶어요.

작은 도전으로 쌓인 성취감이 평생 피부에 대한 자신감을 심어 준다고 생각해요. 부담 없이 매일 지속할 수 있는 단순한 홈케어가 10~20년의 젊음을 지켜줄 수 있다고 생각해요.

피부 관리는 꾸준히 하는 확실한 관리보다 더 나은 것은 없습니다. '하루 5분이라도 꾸준히! 청결한 피부 위에 한두 가지의 제품만 바르더라도 매일!'이 중요해요. 한 번 노화가 시작된 피부를 원래 상태로 되돌리는 데 얼마나 큰 노력이 필요한지 아시죠?

젊음과 아름다운 피부는 끈기와 인내의 결실입니다. 또한 그 노력의 결과는 무척 정직합니다. 우리 주민등록상의 나이는 줄일 수 없지만, 얼굴에서 느껴지는 나이는 관리로 반드시 어려질 수 있어요. 이제 화장품 다이어트부터 시작해 보세요. 홈케어가 행복한 피부를 만들 수 있습니다.

10. "피부 세포에 불을 켜라!"
여자 동안 피부의 '광채' 살리는 법

*"피부가 건강한 여자는 늙지 않습니다.
잘 가꾼 피부는 언제나 은은한 광채가 맴돕니다.
마치 무대 조명을 받은 여배우처럼 어디서나 빛이 납니다."*

원래 타고난 것처럼 건강하고 아름다운 '자연미'가 사랑받고 있습니다. 뷰티 트렌드도 마찬가지인 것 같아요. 요즘은 민낯부터 맑고 깨끗한 피부를 더 선호해요. 두꺼운 화장으로 결점을 숨기고 감추는 것보다 본연의 피부 자체를 건강하고 맑게 회복하는 기초 관리에 관심이 많아요.

저 같은 아줌마들이 홈케어에 열을 올리는 이유도 마찬가지예요. 나이가 들수록 피부는 탄력을 잃고 건조해지잖아요. 거기에 칙칙한 잡티나 주름까지 늘기 시작하면 울적해지죠. 화장을 해도 잘 먹지 않고 메이크업으로 노화의 징후를 커버하는 데도 한계를 느끼게 돼요.

이런 경험이 쌓이다 보면 저절로 '기초 관리'와 '홈케어'에 관심이 생깁니다. 결국, 바탕이 되는 피부가 젊고 건강하지 않으면 다 소용없다는 결론에 도달하는 거죠.

미백, 주름, 탄력, 모공까지 세월 앞에서 느끼는 피부 고민은 수없이 많아요. 하지만 이런 고민도 기초부터 차근차근 관리를 시작해야 나아질 수 있어요.

첫술에 배부를 수 없는 법! 우선은 기초 관리를 통해 피부의 자체 재생력과 회복 능력을 높여 주는 것이 중요해요. 세포가 생성되고 탈락하는 '턴 오버 주기'에 맞춰서 피부 대사만 원활하게 이뤄져도 피부는 훨씬 화사해집니다.

피부의 자체 재생능력이 갖춰졌을 때 비로소 기능성 화장품도 제 기능을 발휘할 수 있어요. 아무리 좋은 제품도 피부가 흡수하고 소화시키지 못하면 소용없잖아요.

*"피부 본연의 건강은 '비움'을 통해 지켜집니다.
피부가 흡수하고 소화하는 능력을 키워 주는 것이 홈케어의 기초가 됩니다."*

평소 홈케어로 주름과 탄력 개선에 최선을 다하는 저도 우선 클렌징과 피부결 정리에 공을 들입니다. 우선 외출한 후에는 미온수로 꼼꼼히 세안을 해요. 부드러운 거품 클렌저를 충분히 덜어서 얼굴을 마사지하듯이 부드럽게 씻어 줍니다. 선크림과 메이크업 제품이 피부에 남지 않도록 콧방울 옆, 턱, 이마까지 꼼꼼히 신경 써서 씻어요.

세안 후에는 무조건 '닦토 패드'를 사용해요. 토너를 듬뿍 머금은 '닦는 토너 패드'는 피부에 남은 잔여 노폐물까지 말끔히 정돈해 줍니다. 귀 부분을 활용하면 얼굴의 각진 구석까지 쉽게 닦아 낼 수 있어요.

제가 사용하는 곰돌이 모양 패드는 피부 노폐물 제거는 물론 모공 축소, 각질 제거, 수분 공급을 한번에 해결해 줍니다. 패드에 적셔진 토너는 수분 공급 및 진정 효과도 우수해서 피부가 예민한 날은 마스크 팩 대신 사용하기도 해요.

세안 후 패드로 쓱쓱 닦아 주기만 해도 얼굴이 환해지는 것을 느낄 수 있어요. 가벼운 필링 효과도 얻을 수 있어서 자연스러운 피부 광택을 연출해 줘요. 민낯에 자신감을 주는 기특한 아이템이라고 해야 할까요? (웃음)

노화 관리와 수분, 탄력 케어는 패드로 피부결 정돈을 마친 다음에 진행합니다. 피부 속까지 말끔히 정돈된 상태에서 바르는 홈케어 제품은 잘 발리고 부드럽게 흡수돼요. 패드 관리로 홈케어를 시작한 아침은 왠지 화장도 잘 먹는 것 같아요.

대사 기능이 저하된 피부는 노폐물 배출이 제대로 이뤄지지 않아요. 묵은 각질이 쌓여 모공을 막으면 피부 트러블을 유발하죠. 이렇게 노폐물이 쌓인 피부는 거칠고 칙칙해 보입니다. 그뿐만 아니라 쉽게 건조해져 피부 노화를 부추깁니다. 이런 악순환이 반복될수록 피부 건강은 더 나빠지죠.

매끈한 광채 피부로 거듭나고 싶다면 우선 피부 속까지 가볍게 비워 주세요. 피부 표면을 막고 있는 각질과 노폐물을 제거가 먼저입니다. 그다음 지속적인 맞춤 관리로 피부에 필요한 영양을 채워 주면 '놀라운 홈케어의 힘'을 경험할 수 있을 거예요.

"여자의 아름다움은 '노력'과 비례합니다.
행동과 실천보다 확실한 답은 없습니다"

홈케어를 시작한 지 벌써 반년이 다 되어 갑니다. 발품을 팔며 제품을 연구하고 직접 테스트하던 날들이 엊그제 같은데 이젠 고민 없이 바르고 붙이며 지내요. 좋은 제품도 중요하지만, '꾸준한 실천'이 뒷받침될 때 우리는 아름다워지는 것 같아요.

아침저녁으로 하루 20분이면 충분해요. 바쁠 때는 곰돌이 패드로 쓱쓱 얼굴만 닦아줘도 괜찮아요. 정말 피곤한 날은 콜라겐 마스크 팩 하나만 붙이고 그대로 잠들어도 좋아요. 계속해서 '진행 중'이라면 우리 피부는 매일 조금씩 좋아질 겁니다.

아름답게 늙어가는 여자의 인생을 꿈꾸며 설계하는 40대 아줌마 양쥐언니였습니다.

11. '피부' 반전 인생,
40대에 뷰티로 찾은 '행복'

"여자의 젊음은 무조건 아름다운 피부입니다.
아름다운 여자의 피부 관리는 365일 쉬지 않습니다.
무관심 속에서 저절로 피어나는 꽃 같은 피부는 없습니다."

20대 같은 열정으로 살며 30대 같은 피부를 지키고 싶은 '40대 중반 아줌마' 양쥐언니입니다. 대학 입시 준비를 하던 게 엊그제 같은데 이젠 제가 두 아이의 엄마가 됐네요. 20대까지 쭉 음악만 고집해 온 제가 뷰티만을 고집하고 소통하는 아줌마로 살게 될 줄은 꿈에도 몰랐어요.

어느덧 나이는 중년의 문턱을 지나가고 있지만, 마음은 아직도 20대 양지혜에 머물러 있습니다. 아직도 힘들 땐 엄마부터 생각납니다. 또 아직도 여자로 거듭나는 가슴 떨리는 미래를 꿈꾸는 양쥐입니다. 나이를 먹어도 마음은 쉽게 늙고 싶지 못하는 것 같아요.

저는 아직까지 죽어도 마음도, 피부도 늙고 싶지 않아요. 그래서 더 단순하게 생각하고 열심히 관리합니다. 야속한 세월의 흔적을 피부에서 지우고 싶습니다. 남은 인생을 여자로서 더 아름답게 살고 싶은 제 나름의 '절실함'의 표현이 아닐까 싶습니다.

요즘은 제 홈케어 효과를 톡톡히 보고 있습니다. 저는 30대 초중반부터 탄력을 잃은 피부와 잔주름으로 고민이 많았습니다. 남모르는 속앓이를 많이 했지요. 그런데 작년 말부터 더 이상 피부 걱정이 없어졌습니다.

아로셀 시리즈 중 하나인 아로셀 타임 리버스 키트로 관리를 한 다음부터입니다. 이 키트는 고농축 제대혈 줄기세포 배양액 앰플이에요. 미백, 주름, 탄력, 수분을 한꺼번에 해결해 주는 제품이라 저는 '회춘 키트'라고 불러요.

요즘은 생명공학 기술을 접목한 바이오 화장품이 인기잖아요. 타임 리버스 키트는 줄기세포 배양액 중에서도 고급 성분으로 꼽히는 '인체 제대혈 세포 배양액'을 고농축으로 담아낸 앰플입니다. 줄기세포 배양액을 동결 건조한 '파워셀' 분말을 유효 성분이 가득 담긴 '액티베이터'로 녹여서 사용합니다.

그렇기 때문에 매 순간 신선한 줄기세포 배양액을 피부에 바를 수 있어요. 세안 후에 아로셀 모공 패드로 피부를 정돈한 다음 앰플을 얼굴에 고르게 발라 주면 끝! 바르자마자 피부가 촉촉하고 쫀쫀하게 차오르는 것을 즉시 느끼게 됩니다.

"무너지고 싶지 않은 내 피부는 꾸준한 관리로 꼭 지킬 수 있습니다."

회춘 키트를 작년 말부터 계속 사용해 보는데, 매번 바를 때마다 확실히 효과를 느낍니다. 거울을 보면 무너진 탄력이 되살아나면서 얼굴에 생기가 돌아요. 피부가 촉촉하고 맑아지니까 얇은 메이크업으로도 자연스러운 피부 표현이 가능해집니다.

저는 피부 자신감을 되찾으면서 생활에도 강한 활력이 생겼어요. 체력적으로 지칠 때도 있지만, 홈케어하는 시간만큼은 행복하고 힘들지 않아요. 매일 얻어지는 작은 피부의 성취감에 오히려 기운이 납니다. 이런 피부에 느껴지는 설렘을 통해 '살아있음'을 느끼는 것 같기도 하네요.

이렇게 한번 불이 붙은 아줌마의 홈케어 열정은 더 뜨겁게 타오릅니다. 저는 매사가 단순한 아줌마입니다. 하지만 제품 선택만큼은 이제 확실한 신념을 겁니다. 아니, 제 모든 것을 걸어야 한다고 생각합니다.

이 세상에 좋다고 소문난 모든 제품은 한 번씩 다 써 본 40대 아줌마였습니다. 저는 무조건 자극 없이 효과가 탁월한 제품을 고집합니다. 또 비용면에서도 부담 없이 꾸준히 사용할 수 있어야 좋은 필수 화장품이라고 생각해요.

모든 측면에서 아로셀 기초 라인은 저의 취향과 딱 맞는 제품이에요. 요즘은 세안부터 안티에이징까지 아로셀 라인으로 관리합니다. 조금씩 달라지는 피부 상태를 확인할 때마다 벅찬 여자의 보람을 느껴요. 더불어 여자의 피부는 자기의 피부를 사랑하는 만큼 좋아집니다.

"젊음을 지키는 최고의 비결은 본인의 피부에 대한 성실함입니다.
자신의 피부를 가꿀 줄 아는 여자는 모든 면에서 열정적입니다."

모두에게 힘든 시기가 있습니다. 힘든 시기를 경험하고 또 꼭 이겨내며 살아지는 것이 인생인 것 같습니다. 알 수 없는 미래에 불안해하기도 하지만, 그래서 또 기대와 희망을 갖고 견딘다고 생각합니다. 행복해서 웃는 게 아니라 웃으면 행복해진다는 말의 의미를 갱년기가 되어서 알아 갑니다.

젊고 아름다운 여자의 인생을 향한 저의 노력도 결코 포기하고 싶지 않습니다. 단순히 예

쁜 아줌마가 되는 것이 제 꿈의 전부는 아닙니다. 피부에 젊음이 주는 긍정의 에너지로 '오늘도 더 예쁘게 살고 싶은' 작은 바람이 더 큽니다.

아줌마로 살아 보면 엄마는 강하지만 여자는 연약합니다. 저는 항상 이 두 갈림길에서 망설이는 것 같아요. 아줌마는 누구나 저와 같이 자신을 잃어가는 서글픈 기분이 자주 찾아온다고 생각해요. 그럴 때 '무념무상'으로 내 피부를 가꾸는 작은 변화부터 시작해 보는 건 어떨까요?

저는 이것이 평범한 저 같은 아줌마의 '소소한 행복 만들기'라고 생각해요. 자기 피부는 남들에게 보이기 전에 자기만족이 먼저이거든요. 나에게 나 자신을 위한 조그마한 날갯짓이 건조한 피부와 일상을 조금 더 즐겁게 만들어 줄 것입니다. 이상 양귀였습니다.

12. 세월을 이기는(제대혈 줄기세포)
'피부 보약 뷰티템'

"인생은 타이밍이 중요합니다.
여자의 피부 관리도 타이밍이 중요합니다.
여자의 피부 관리는
때와 장소가 필요 없이 지금이 타이밍입니다."

여자의 젊음을 지키려고 노력하는 '꽃줌마' 양쥐언니입니다. 주부 생활을 15년 넘게 반복하다 보니 삶에 무덤덤해지는 것 같아요. 작년까지만 해도 무표정으로 건조하게 사는 제 피부를 가끔 거울에서 발견하면 화들짝 놀라곤 했답니다. 설렘 없이 기계처럼 사는 '알파고 아주미' 피부로 나이 들고 싶지는 않았는데 말이죠.

그래서 저는 항상 더 많이 웃고 즐겁게 지내려고 노력합니다. 웃으면 더 복이 많이 온다고 하잖아요. '긍정의 힘'은 내면까지 젊고 건강하게 가꿔주는 '천연 방부제'라고 생각하며 살았어요.

바쁜 생활에 쫓기듯 살아왔던 저의 피부 일기장에는 작년 말부터 '기대'와 '설렘'의 피부 현실이 기록되고 있습니다. 두근거리는 마음으로 아침을 기다리는 모든 피부 변화는 홈케어를 하면서 시작됐어요.

클렌징 폼-패드-앰플-크림-마스크 팩까지! 이제 완벽한 완전체가 된 '홈케어 루틴'입니다. 관리하고 잠드는 날은 밤새 건강해진 피부를 빨리 확인하고 싶은 기대로 아침에 더 일찍 일어납니다.

43살에 아로셀을 만나기 전까지 저는 '화장품 유랑민' 생활을 아주 꽤 오래 했어요. 특히 주름과 탄력을 개선해 주는 기능성 화장품은 안 써 본 제품이 없을 정도로 관심이 많았거든요. 아무래도 중년의 나이에 피부는 매일 제 눈으로 확인할 수 있으니까 더 신경이 쓰였던 것 같아요.

노화 예방을 위해서는 20대 초반부터 아이크림을 발라줘야 한다고 하잖아요. 저는 뷰티에 관심이 많았던 만큼 '안티에이징'도 일찍부터 시작했습니다. 오늘의 관리가 10년 후의 젊음을 책임진다는 생각으로 피부에 보약을 먹이듯 기능성 제품을 듬뿍 발랐죠. 하지만 직접 느껴지는 효과가 미미하니까 꾸준히 지속하기가 어렵더라고요.

"연꽃은 진흙탕 속에서 피어납니다.
잘 가꿔 놓은 여자의 '피부'는 세월이 흐를수록 더 아름답다고 저는 생각합니다."

요즘 저의 '젊음'을 책임지고 있는 '피부 보약'은 오직 아로셀 타임 리버스 키트입니다. 노화 예방에 탁월한 성인 인자 성분을 듬뿍 함유한 고농축 줄기세포 배양액을 주원료로 제작된 앰플이에요.

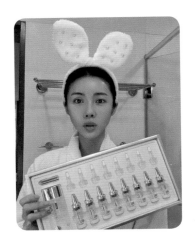

89가지 단백질과 콜라겐, 히알루론산, 판테놀 등의 유효 성분을 한 병에 담은 앰플은 그야말로 '피부 보약'이에요. 작은 한 병에 담긴 앰플이지만, 효과는 정말 강력합니다. 얼굴 전체에 조금씩 덜어낸 앰플을 부드럽게 펴 발라주면 피부에 쫀쫀하게 밀착되는 것을 확실히 느낄 수 있어요.

바르는 즉시 촉촉한 수분 광이 생기고 오랫동안 보습력이 지속돼요. 또 피부가 탱탱하게 차올라 광대와 턱 등 무너진 얼굴 라인이 점점 되살아나는 것을 느낍니다. 봉긋하게 차오른 피부를 손가락으로 살짝 누르면 탱글탱글한 피부 탄력을 직접 확인할 수 있죠.

처지고 칙칙한 피부에 생기가 생기니까 얼굴 전체가 어려지는 아주 좋은 기분이 듭니다. 서너 달 꾸준히 사용하면 모공도 작아지고 거칠었던 피부결도 훨씬 매끄러워집니다. 전체적으로 피부 톤이 촉촉하고 화사해질수록 여자로서 저의 자신감도 함께 매일매일 올라가는 것 같네요.

몸의 건강은 '건강할 때' 지켜야 한다는 말이 있죠. 여자의 미모와 피부도 더 잃기 전에 지켜 주는 것이 정말 중요합니다. 관리에 적당한 때가 정해져 있는 것은 아니에요. 늦었다고 생각할 때가 사실은 가장 빠를 때라고 하잖아요.

매일 조금씩이라도 관심을 갖고 관리를 꼭 시작해 보세요. 매일 조금씩 쌓인 노력이 10년 후 우리 피부와 젊음을 책임져 줄 겁니다. '항상 밝고 긍정적인 생각으로 살기! 매일 조금씩 꾸준히 관리하기! 가볍게 바르고 확실하게 채우기!'

아름다운 50대를 준비하고 꿈꾸는 양쥐언니의 솔직한 뷰티 이야기였습니다.

13. 40대 아줌마의 홈케어 꿀팁,
"초간편 만능템을 공략하라."

"피부 관리는 '여가'가 아니라 '생활'입니다.
젊음을 관리하는 주부로 산다는 것은
바쁜 '현실'과 경쟁하듯 살며 '여자'를 지키는 일입니다."

저는 SNS를 통해 '관리하는 일상'을 이야기합니다. 매일 운동하고 홈케어를 하면서 살고 싶지만, 현실은 그렇지 못한 날이 더 많아요. 두 아이를 키우는 평범한 주부의 일상은 생각만큼 단순하지 않잖아요. 살림하고 아이들을 돌보는 반복된 일과를 소화하는 것만으로도 하루는 훌쩍 지나가 버립니다.

아이들은 쑥쑥 자라는 속도만큼 많은 관심과 손길이 필요해요. 아이들과 친구처럼 지내는 저도 아이들에게 일이 생기면 덩달아 제 일상도 모두 멈춰버리고 맙니다. 그렇게 예측 불가한 매일을 닥치는 대로 소화하며 살고 있어요.

하지만 자신을 가꾸고 돌보는 시간은 꼭 만들려고 노력하는 편입니다. 잠을 줄여서라도 '홈케어'는 빼먹지 않습니다. 간단히 피부결 정돈이라도 해야 안심이 돼요.

상황과 시간에 쫓기는 생활을 하다 보니 홈케어도 단순한 것을 좋아합니다. "이왕이면 다홍치마."라는 옛말처럼, 어차피 같은 효과를 얻을 수 있다면 쉽고 빠르게 관리할 수 있는 제품을 찾게 됩니다.

"365일 쉬는 날이 없는 아줌마의 홈케어는 단순합니다.
최소한의 시간을 들여 최소한의 제품을 사용하되,
최상의 효과를 얻고자 합니다."

실제로 요즘은 편리한 뷰티 제품이 많아요. 제품 하나로 토탈 케어가 가능한 에센스부터 샤프처럼 눌러서 사용하는 스틱형 아이크림, 립과 블러셔 기능을 동시에 하는 치크까지. 그중에서도 저의 마음을 훔친 뷰티 아이템은 '모공 클리어 패드'예요.

일명 '닦토'라고 부르는 패드인데요. 화장솜 없이 토너와 스킨 관리를 도와줘요. 통에 담긴 순면 패드를 한 장씩 꺼내서 쓰면 되니까 피부 관리가 편해요. 세안 후 패드 한 장을 꺼내서 쓱쓱 닦아 주면 각질, 모공, 수분 관리가 끝나요. 일석삼조라는 칭찬이 절로 나오는 '만능 뷰티템'이죠.

외출할 때도 곰돌이 패드는 꼭 가지고 다녀요. 양면 패드니까 메이크업을 수정할 때 정말 요긴해요. 앞면으로 메이크업을 지우고, 뒷면으로 피부결을 정돈해 주면 뭉침 없이 매끈한 피부를 연출할 수 있어요. '헌 얼굴'을 '새 얼굴'로 만들어 주는 인생템이라고 해야 할까요?

또 외부 자극으로 피부가 메마르고 땅길 때도 저는 패드를 사용합니다. 얼굴에 패드를 올려놓고 '곰돌이 패드팩'을 하는 거예요. 3~5분 정도 짧은 시간 안에 피부가 촉촉하게 진정되니까 이동 중에 차 안에서도 간단히 피부 관리를 할 수 있어요.

> "여자는 '젊음'을 원하고
> 엄마는 '안전'을 찾는다.
> 주부는 이 두 마리 토끼를 모두 쫓는다"

요즘 알게 된 곰돌이 패드의 진면목은 '아이들과 함께' 쓸 수 있다는 거예요. 아무래도 아이들 피부는 더 연약하고 예민하니까 화장품을 따로 사서 써 왔는데요. 패드에 적신 약산성 토너는 아이들 피부에도 자극 없이 순하게 잘 맞아요. 씻기 귀찮아하는 아들 얼굴을 닦아 줄 때 특히 요긴합니다.

이렇게 피부결 정돈을 마친 패드는 버리지 않고 팔꿈치나 발꿈치 각질 제거에 사용해요. 묵은 때까지 말끔히 닦을 수 있습니다.

정말 버릴 게 하나도 없어요. 살림하는 아줌마에게는 너무 기특한 '효자템'이죠. 여러분에게도 이런 만능 뷰티템이 있나요?

'철들지 않는 젊음'을 꿈꾸는 저는 이런 팔방미인 아이템이 더 많아졌으면 좋겠어요. 시간도 아끼고 간단한 관리로 젊음과 아름다움을 지킬 수 있으니 금상첨화잖아요.

현실에 쫓겨 피부를 돌볼 여유가 없는 주부들에게는 이런 '멀티템'이 꼭 필요한 것 같아요. 사는 게 바빠서 관리는 엄두도 못 내고 있나요? 바쁜 시간을 쪼개서 관리해야 하는 이 시대의 맘들에게 쉽고 빠르고 확실한 '만능템 찬스'를 적극적으로 활용하자고 당부드리고 싶습니다.

14. '노화'에 대처하는 선명한 자세,
"피부는 과학입니다."

*"피부의 건강과 젊음도 지식이 필요합니다.
현재의 과학은 여자의 젊음과 아름다움을 지켜 줍니다.
그냥 성실한 노력은 다른 차원의 문제입니다."*

양쥐의 피부 관리 일상을 담은 SNS 일기장이 매일 더 풍성한 내용으로 채워지고 있습니다. 홈케어로 소통을 본격적으로 시작한 것은 몇 달밖에 안 됐습니다. 하지만 혼자서 관리를 시작하고 화장품을 테스팅한 기간은 반년이 훌쩍 넘었습니다. 넉넉한 기간을 두고 충분히 써 본 다음 정말 괜찮은 제품만 엄선해서 소개하고 싶은 저의 욕심 때문이었어요.

마흔네 살의 아줌마 피부는 기초화장품을 테스트하는 데 정말 좋은 시험지였어요. 전 연령대가 공감할 수 있는 수분과 트러블 관리부터 시작했어요. 30대 이후 여성들을 위한 미백, 주름, 탄력 케어까지, 제 나이에는 이 모든 부분이 아쉽고 부족하거든요. 작년의 양쥐 피부는 모든 여자의 피부 고민을 다 안고 있었답니다.

저는 나이가 나이인 만큼 '안티에이징'에 목숨을 걸지 않을 수 없었습니다. 몸 상태에 늙고 변화가 생기면 일단 피부 컨디션부터 달라지거든요.

사실 노화 관리는 아줌마들의 영원한 최대 주요 관심거리예요. 여자는 출산 후 모든 피부 컨디션이 급격히 떨어지죠. 해가 지날수록 탄력이 떨어지고 처지는 피부는 자신감마저 뚝뚝 떨어뜨립니다.

그뿐인가요? 넓어진 모공과 그 사이로 올라오는 블랙헤드, 칙칙한 기미, 잡티까지, 자꾸만 늘어나는 노화의 징후들을 보면 괜히 확 늙어버린 것 같아서 기분이 나빠집니다.

*"여자의 동안 피부에 대한 꿈이 현실에 가까워지고 있습니다.
젊음을 되돌리는 과학의 힘이 그 답입니다."*

'효과 좋은 동안 케어' 하면 흔히 전문 병원의 시술을 떠올리게 됩니다. 이런 미용 시술은 한번에 즉각적인 효과를 얻을 수도 있습니다. 하지만 효과가 영구적이지 않고 비용 면에서 부담이 큰 편이죠. 이런 엄마들의 고충은 이제 바이오 화장품으로 달랠 수 있게 됐어요.

바이오 화장품은 메디컬 분야에 활용하던 현대의 최첨단 바이오 기술로 만든 화장품을

말해요. 그만큼 인체에 안전한 성분과 확실한 효과를 얻을 수 있죠. 대표적인 원료가 제대혈 줄기세포 배양액이에요. 제가 사용 중인 아로셀 '타임 리버스 키트'와 '콜라겐 마스크 팩'도 제대혈 줄기세포 배양액을 주원료로 만들어졌어요.

일명 '회춘 키트'라고 불리는 '타임 리버스 키트'는 강력한 동안 케어 제품이라고 볼 수 있어요. 89가지 단백질을 함유한 인체 제대혈 세포 배양액의 유효 성분을 농축한 앰플이거든요. 동결 건조한 줄기세포 배양액과 콜라겐 등 다양한 성인 인자 성분이 풍부하게 함유된 제품이에요.

바르는 순간 끈적임 없이 쫀쫀하게 흡수되니까 사용감이 좋아요. 늘어진 모공은 조여 주고 피부 탄력과 보습은 확실하게 끌어올려 줘요. 피부 재생을 돕는 유효 성분이 피부 속 깊은 곳까지 흡수됩니다. 그 때문에 속부터 꽉 차오르는 볼륨감을 느낄 수 있습니다. 피부 표면에서 맴도는 일반 앰플과는 다릅니다. 피부 속 세포를 자극해서 피부 본연의 젊음을 되살려 주는 즉각적인 효과가 있어요.

첨단 과학 기술의 수혜를 40대 아줌마가 되어서 누릴 줄은 몰랐어요. 피부 나이를 더 어리고 젊게 되돌리고 싶은 것이 저의 꿈입니다. 저의 간절한 기도가 통한 것 같아서 무척 기쁘고 반갑습니다. 아로셀 기초 라인만으로 젊음을 되돌릴 수 있으니까 홈케어가 더욱더 즐거워졌네요.

집에서도 피부 시간을 되돌릴 수 있는 이런 마법 같은 일이 일상이 되었네요. 이 시대를 산다는 자체가 감사한 일이라고 생각해요. 또 다른 한편으로는 '영원히 늙지 않는 젊음'이 현실이 되는 꿈도 상상하게 됩니다.

아름다움을 향한 여자의 희망은 끝도 없는 것 같습니다. 더 늙지 않기를 바랐던 제가 이젠 더 젊어지는 홈케어를 기대하고 있습니다. "양쥐언니의 피부 시간은 거꾸로 간다!"라고 당당히 말씀드릴 수 있습니다. 양쥐의 아로셀 홈케어는 멈추지 않습니다.

15. 홈케어 제품 선택 가이드,
"바이오 화장품도 성분 확인은 필수입니다!"

"절세 미인들은 피부로 젊음을 승부했습니다.
동안의 지름길은 꾸준한 관리입니다.
피부는 비움과 채움을 반복하며 어려집니다."

요즘은 외모만 보면 주부 같지 않은 분들이 너무 많아요. 자신을 잘 가꾸고 관리한 여자 분들을 보면 저의 관리 욕구가 더 뜨겁게 타오릅니다. 여자의 아름다움으로 소통하는 저도 부지런하게 관리하는 '노력파 아줌마' 중 한 사람이잖아요. 오로지 젊음을 위해 최선을 다해서 노력합니다.

저는 40대가 되면서 피부 관리의 필요성을 절실히 느꼈습니다. 대부분의 주부가 그렇겠지만 살림을 하면서 나 자신을 위해 시간과 비용을 아낌없이 쏟을 수는 없더라고요. 그래서 요즘 유행하는 홈케어 화장품에 관심을 갖게 됐습니다.

내가 편한 시간에 원하는 피부 관리를 직접 하고 피부 상태를 개선할 수 있다는 자체가 무척 흥미로웠습니다. 특히 '줄기세포 배양액'을 담은 바이오 화장품은 첨단 과학 기술이 낳은 혁명적인 발견이라고 할 수 있어요.

바이오 화장품은 인체에 안전한 성분과 뛰어난 효과를 두루 갖춘 고기능성 화장품을 말합니다. 그동안 의학 및 식품 분야에 한정적이었던 첨단 바이오 기술이 이제는 화장품에도 적용되어 눈부신 미용 과학의 성과를 이루고 있습니다.

바이오 화장품을 대표하는 '줄기세포 배양액'은 요즘 가장 주목받는 확실한 유효 성분입니다. 줄기세포 배양액 안에는 피부 재생에 도움을 주는 물질이 다량으로 함유되어 있어요. 특히 줄기세포에서 추출한 성인 인자 성분은 노화한 피부 줄기세포를 자극하거나 부족해진 콜라겐, 피부 세포를 되살리는 역할도 합니다.

하지만 줄기세포 배양액 성분에도 등급이 있다는 사실을 아시나요? 똑같은 줄기세포 배양액 제품일지라도 배아, 제대혈, 지방, 태반 등 세포 추출 위치와 성분 및 함량에 따라 성능과 품질이 달라진다고 합니다.

바이오 화장품에 사용되는 줄기세포는 크게 지방 기질 세포와 제대혈 세포로 나눕니다. 이 두 가지 세포는 줄기세포 배양액의 원료 성분이지만, 엄연히 근원이 다릅니다. 지방 기질 세포는 지방 세포에서 유래한 것입니다. 반면에 인체 제대혈 세포는 아기가 태어날 때 탯줄에 있는 세포에서 얻어낸 성분입니다.

인체 제대혈 줄기세포는 생명 탄생에 관여하는 여러 유효 성장 인자들의 복합체입니다. 지방 기질 세포보다 당연히 피부에 좋은 유효 성분이 더 많이 함유되어 있습니다. 또한, 바이오 화장품을 고를 때 줄기세포의 종류만큼 눈여겨봐야 할 부분이 바로 핵심 성분의 함량입니다.

일부 제품 중에는 원액이 아닌 '희석액 비율'을 주요 성분이라고 기재하는 경우도 있다고 해요. 또한 희석된 추출물, 여과액 또는 리포솜 등을 원료화해서 원액 기준의 함량이 턱없이 부족한 제품도 있어서 잘 살펴봐야 합니다.

줄기세포 배양액 화장품에 함유된 핵심 성분의 함량을 알고 싶다면 전성분표를 보면 됩니다. 전성분표를 보면 '세포 배양액'이라는 글자 옆에 괄호로 함량이 표시되어 있습니다. 이 함량은 원액 기준이기 때문에 정확한 성분 함량 수치를 파악하는 데 도움이 됩니다.

제가 사용하는 아로셀 '타임 앰플'의 경우에는 인체 제대혈 배양액을 사용합니다. 셀(앰플) 한 병에는 인체 제대혈 배양액이 20,000PPM(원액 기준) 담겨 있습니다. 그리고 동결 건조 기술로 제작해 줄기세포 배양액 유효 성분의 손실과 파괴를 최소화했어요. 또한 세포 배양액 안에 함유된 성인 인자와 단백질 성분을 고스란히 안정화시켜 탁월한 '안티에이징 및 재생 효과'를 안겨 줍니다.

불과 10년 전만 해도 의학 잡지에서나 만났던 '줄기세포'라는 말을 이제는 일상적으로 사용하게 됐네요. 고가의 원료를 사용해 만들어지는 화장품인 만큼 일반 화장품에 비해 가격대가 있지만, 그만큼 효과도 더 탁월합니다.

'타임 앰플'과 수분크림을 통해 처음 경험하는 줄기세포 화장품의 효과는 감동 그 자체였습니다. 바르는 즉시 느껴지는 쫀쫀한 탄력은 시작에 불과해요. 하룻밤 자고 일어나서 만나는 촉촉한 광채와 매끄러운 감촉까지 더하면 홈케어에 쏟은 시간과 비용이 조금도 아깝지 않습니다.

화장품을 피부에 바르는 것만으로도 젊음을 되돌릴 수 있는 '꿈의 시대'가 코앞으로 다가왔나 봅니다. 그 혁신적인 과학 발전의 초석이 될 줄기세포 배양액 화장품은 젊음을 꿈꾸는 저에게는 희망이고 행복입니다.

16. 40대 아줌마의 워너비,
여배우들의 동안 시크릿

"여배우처럼 살고 싶다면 여배우처럼 생각하라.
젊음과 미모는 노력한 만큼 누리는 권리다."

아주 어릴 적, 저는 엄마를 닮고 싶었습니다. 어렸을 때는 다 그렇잖아요. 엄마처럼 예쁜 어른이 되고 싶고 아빠와 결혼하겠다고 호언장담하는 시절이요. 저도 그런 사랑스러운 늦둥이 딸이었어요.

제 기억 속의 엄마는 화려한 치장을 즐기시진 않았지만, 항상 관리를 놓지 않는 분이셨어요. 아침저녁으로 기초 스킨케어는 빠뜨리지 않으셨고 곧은 자세와 단정한 몸가짐을 중요하게 생각하셨죠. 그런 엄마를 보면서 저는 '꼭 엄마처럼 예쁜 여자가 되어야지' 하고 다짐했던 것 같아요.

엄마가 되고 싶던 어린아이는 소녀에서 숙녀로 자랐고 이제는 두 아이의 엄마가 되었습니다. 시간이 흐르는 동안 저의 롤모델도 계속 바뀌었어요. 외국 여배우부터 국내 연예인까지, 제 마음속에는 늘 닮고 싶은 누군가가 있었던 것 같아요. 40대가 된 지금 저의 워너비는 배우 김희애 씨입니다.

요즘 JTBC 드라마 <부부의 세계>로 한창 활동 중인 김희애 씨는 50대 중반이라고는 믿기지 않는 대표적인 동안 여배우잖아요. 단아하고 지적인 분위기와 털털한 성격까지 너무 매력적이라 전부터 팬을 자처하곤 했는데요. 세월이 흘러도 한결같은 미모는 정말 같은 여자로서 무척 부럽고 닮고 싶은 부분입니다.

김희애 씨는 평소 세안 후 물기가 마르기 전에 토너와 에센스로 스킨케어를 마무리한다고 해요. 또 메이크업을 할 때는 우선 수분 팩을 하고 시간이 날 때마다 마스크 팩을 하면서 피부에 수분과 영양을 공급한다고 합니다. 의외로 쉽고 간단해서 한동안 저도 열심히 따라 하곤 했습니다.

한때 "놓치지 않을 거예요."라는 카피로 유명했던 화장품 광고를 기억하실까요? 당시 김희애 씨의 매끈한 광채 피부는 관리하는 여자의 본보기로 꼽혔죠. 실제로 동안 미모를 자랑하는 여배우들은 평소에도 피부 관리를 게을리하지 않는 것 같아요.

고소영의 1일 1팩, 이영애의 수분크림과 동백오일 홈케어, 고현정의 솜털 세안법과 3초 오일 보습 등은 이미 잘 알려진 여배우 피부 관리법이죠. 미스코리아 출신 배우 김성령 씨는 마사지와 피부과가 자신의 피부 관리 비결이라고 당당히 밝히기도 했습니다.

이런 배우들의 관리법을 살펴보면 동안 미모의 비결은 '꾸준함'인 것 같아요. 보습과 진정에 신경 쓰면서 틈틈이 사소한 관리도 잊지 않는 마음가짐이 피부를 지키는 지름길이 아닐까 싶네요.

"하루 5분의 습관이 쌓여서
50대의 아름다움을 완성합니다."

세상을 놀라게 한 발견은 평범한 일상 속에서 비롯된다고 합니다. 동안을 위한 피부 관리도 마찬가지인 것 같아요.

말끔하게 씻고 잘 바르는 것! 이런 기본에 충실하면서 자신만의 루틴을 만들다 보면 감동적인 변화를 느끼는 날이 옵니다. 모두에게 사랑받는 여배우들의 아름다운 미모가 의외로 단순한 관리의 반복 속에서 완성되는 것처럼요.

클렌징 단계부터 스킨케어까지, 진정과 보습 관리만 잘해도 피부는 예뻐질 수 있습니다. 부지런히 씻고 바르는 데는 아침저녁으로 5분이면 충분해요. 매일 꾸준히 관리하고 반복하는 홈케어는 고가의 시술을 한번 받는 것보다 더 확실한 효과를 안겨 줍니다.

오늘 저의 뷰티 일기장에 '꾸준함'이라는 약속을 적어 봅니다. 그리고 '여배우처럼 생각하고 여배우처럼 행동하기'를 다짐해 봅니다. 50대에도 40대 같은 피부를 위해 홈케어를 연구하는 40대 아줌마 양쥐언니의 노력은 여전히 '현재진행형'입니다.

17. 온 가족이 함께 쓰는
'착한 뷰티템'

"드라마와 영화는 '관람 등급'이 있지만
뷰티 인생에는 '나이 제한'이 없다.
여자의 드라마틱한 변신만 존재할 뿐이다."

어린이 양쥐언니에게 친정엄마의 화장대는 최고의 놀이터였습니다. 화장도 해 보고 크림으로 마사지하는 시늉도 하면서 어깨너머로 봤던 엄마를 흉내 내며 놀았어요. 그럼 저도 엄마처럼 예뻐지는 것 같았고 왠지 어른이 된 것 같아서 기분이 좋았습니다.

그러다 들키면 어김없이 꾸중을 들었어요. 엄마의 훈계에 등장하는 단골 멘트는 "어른들 화장품은 독해서 피부가 상한다."였어요. 그땐 저에게 겁을 주려고 하신 거짓말이라고 생각했는데 나이를 먹고 보니 맞는 말씀이더라고요. 화장품 속 화학 성분이 연약한 아이들 피부에는 안 맞았던 거죠.

화장품의 원료나 성분에 친환경 바람이 분 것은 불과 10~15년 전부터예요. 환경호르몬이나 황사 등 유해 환경에 노출되면서 아토피나 민감성 피부로 고생하는 사람이 많아지면서 화장품 성분도 변하기 시작한 것 같아요. 실제로 피부에 자극 없이 순한 '자연 원료'로 제작된 화장품은 큰 사랑을 받았습니다.

2000년대부터 불기 시작한 '친환경' 바람이 지금은 '자연 유래 성분'으로 진화하고 있어요. 지금은 인체에 가장 가까운 자연 유래 성분으로 만들어진 화장품이 인기예요. 안전성은 물론 보습, 재생, 영양 공급에 탁월한 효과가 있어서 아이부터 어른까지 누구나 믿고 쓸 수 있어요.

저도 두 아이를 키우는 주부잖아요. 아이들 피부에 직접 닿는 화장품은 '원료'와 '성분'을 꼼꼼히 따지는 편이에요. 몸에 안전한 성분인지, 피부에 순하게 잘 맞는지, 좋은 원료를 사용하는지 제조사부터 성분표까지 두루 살펴봅니다.

그런 제가 요즘은 아로셀 기초 제품을 사용하고 있어요. 모공 패드와 수분크림은 온 가족이 함께 사용하는 패밀리 뷰티 아이템입니다. 저도, 아이들도 아로셀 수분크림 하나로 올겨울을 보냈으니까요. 은은한 허브향이 감도는 감미로운 수분크림 하나면 혹독한 추위에 지친 피부도 건강하게 지킬 수 있더라고요.

제가 '밀키 크림'이라고 부르는 모이스처라이징 크림은 당나귀 우유 추출물이 주원료예요. 동키 밀크는 하루에 0.5L만 얻어지는 귀한 원료입니다. 사람의 모유와 유사한 구성 성분으로 우리 피부에 잘 맞고 필수 지방산과 비타민, EGF(Epidermal Growth Factor) 등 풍부한 영양 성분을 담고 있어서 '화이트 골드'라고 불려요.

은은한 우윳빛 크림은 부드럽게 발리고 순하게 흡수됩니다. 매끄러운 발림성은 물론이고 빠른 흡수력으로 겉은 보송보송하고 속은 촉촉한 피부가 완성돼요. 또한, 한 번 바르면 한나절 이상 수분감이 유지되기 때문에 아침저녁으로 두 번 발라주기만 해도 종일 땅김 없이 탄탄한 보습 효과를 누릴 수 있죠.

또한 줄기세포 배양액과 병풀, 스페인 감초, 치아시드 추출물 등의 자연 유래 성분이 외부 환경에 자극받은 피부를 진정시켜 주고 피부 장벽을 튼튼하게 만들어 줍니다. 덕분에 한창 피부가 민감한 사춘기 딸부터 노화와 전쟁 중인 중년의 엄마까지 무척 애용하고 있네요.

크림 한 통으로 아이들부터 저까지 관리가 가능하니까 장점이 많아요. 아이와 함께 홈케어하는 즐거운 시간도 생기고 이것저것 고민하지 않아도 되니까 시간과 비용을 절감하는 효과도 누리고 있습니다.

살림하는 엄마들 마음이 그렇잖아요. 아이에게 쓰는 돈은 하나도 아깝지 않지만, 사실 본인에게 투자하는 비용은 좀 주저하게 되잖아요. 그런데 아이와 함께 쓴다고 생각하니까 심적 부담도 덜하고 실제 가격도 합리적이라 더 마음이 갑니다.

"백 마디 말보다 한 번의 실천이 낫다.
미모와 젊음을 향한 여자의 꿈도 '행동'에서 시작된다."

요즘은 환경까지 생각한 '클린 뷰티'가 대세라고 하죠. 자연 성분은 물론이고 동물 실험을 반대하고 환경까지 생각하는 '착한 화장품'을 말한다고 하네요. 단순하게 생각하고 부지런히 행동하는 아줌마에게는 조금 어려운 말 같아요.

하지만 저 양쥐언니도 '착한 화장품'에 대한 신념을 가지고 삽니다. 저는 물론이고 제 아이들에게도 마음 놓고 사용하게 할 수 있는 '순하고', '안전한' 화장품이 '착한 화장품' 아닐까요? 여기에 탁월한 효능과 합리적인 가격까지 더하면 '천사표 화장품'이라 할 수 있을 것 같네요.

온 가족이 함께 '홈케어'를 시작해 보는 것은 어떨까요? 평범한 일상에서 작은 행복을 좇는 '꽃줌마' 양쥐언니였습니다.

18. 반짝반짝 유리알 피부의 핵심,
'속 보습'

> *"엄마의 행복은*
> *아이들의 웃음에서 피어나고*
> *여자의 행복은*
> *피부 위에서 피어납니다."*

여자의 행복을 찾아서 부지런히 움직이는 제가 올해부터는 본격적으로 '홈케어'를 합니다. 다들 아시겠지만, 작년부터 야심 차게 준비한 피부 관리의 최종 목표는 '잃어버린 젊음 되찾기'예요. "세월 앞에 장사 없다."라고 하잖아요. 마흔이 넘어가니까 피부 노화가 눈에 띄게 빠르게 진행되는 게 느껴지더라고요.

가끔 피부과도 가고 좋다는 화장품은 한 번씩 거쳤지만, 그것만으로는 안 되겠다는 생각이 들었습니다. 피부는 '많이'보다 '매일'이 더 중요하다고 해요. 그래서 조금 더 체계적인 관리를 집에서 직접 매일 해야겠다고 결심했죠.

스킨케어 단계에서는 무엇보다 중요한 것이 수분 충전! 즉, 보습 관리인 것 같아요. 피부는 건조하게 메마르기 시작하는 순간부터 노화가 시작된다 해도 과언이 아니에요. 수분이 부족한 피부는 칙칙하고 생기가 없어 보입니다. 또한 각질이 쉽게 생기고 잔주름이 쉽게 생길 수 있죠.

환절기 건조한 공기와 찬바람, 히터 등은 피부 속의 수분을 빼앗아 가는 대표적인 외부 환경 요소예요. 여기에 스트레스와 불규칙한 생활습관까지 더해지면 피부의 대사기능이 떨어지면서 피부는 더 건조하고 메마르게 됩니다.

> *"기초가 튼튼한 건물은 무너지지 않는다.*
> *피부의 젊음도*
> *속부터 채워야 오래 유지된다."*

우리가 홈케어를 하는 이유도 피부의 기초를 탄탄하게 다지기 위해서잖아요. 우선 시작은 피부의 '턴 오버 주기'를 정상적으로 되돌리는 '리셋'에서 시작해요. 부족한 수분과 영양분을 보충해 주면서 망가진 피부의 신진대사 기능을 원활하게 가꿔 주는 거예요.

피부 속 깊숙한 곳까지 수분을 가득 채우는 것만으로도 피부는 젊고 건강해 보입니다. 여자의 로망인 '동안'도 피부의 유수분 밸런스가 조화로운 상태에서 만들어집니다.

유리알처럼 반짝이는 피부 '광(光)'도 피부 속 '수분'에 답이 있습니다. 속부터 올라오는 수분감이 얼굴에 자연스러운 '물광' 피부는 젊고 건강해 보이죠. 이런 '유리알 피부'의 핵심은 충분한 수분 공급과 철저한 보습이라고 말하고 싶어요.

흔히 '수분·보습'이라고 하면 피부 표면을 촉촉하게 가꾸는 수분 공급을 먼저 떠올립니다. 하지만 이런 관리는 임시방편에 불과해요. 피부 자체의 수분감을 유지하려면 속 건조부터 잡아야 해요. 일단 피부 속까지 수분을 꽉 채워준 다음 표면에 보호막을 만들어 수분이 증발하는 것을 막는 겁니다. 이것만 확실히 해도 촉촉한 피부를 유지할 수 있습니다.

저의 홈케어에도 수분 공급과 보습 관리는 빠지지 않아요. 나이와 성별을 불문하고 수분크림은 필수잖아요. 좋은 수분크림은 끈적임 없이 산뜻하게 흡수되어, 속 건조와 속 땅김까지 잡아 줄 수 있어야 합니다. 또한 피부에 채워진 수분이 장시간 지속되어 종일 피부를 촉촉하고 윤기 있게 유지해 줘야 건조에 의한 피부 손상과 노화를 막을 수 있습니다.

건물도 기초가 튼튼해야 무너지지 않잖아요. 우리 피부도 기초체력을 탄탄하게 가꾸는 것이 중요한 것 같아요. 똑같은 화장품을 발라도 각자의 피부 상태에 따라 그 효과가 천차만별이잖아요.

우선은 착실한 기초 관리로 피부 베이스를 잘 갖춰 놓아야 홈케어 효과도 높일 수 있어요. 오늘부터 지친 피부에 수분을 채워 보세요. 메마른 땅에 촉촉한 봄비가 내린 것처럼, 한층 싱그러워진 피부를 만날 수 있을 겁니다.

아기 피부처럼 물기를 가득 머금은 '모찌 피부'의 핵심은 '수분'이라는 사실을 잊지 마세요. 피부 속에 수분을 꽉 채울 때, 잃어버린 탄력도, 광채도 되찾을 수 있습니다.

19. 슬기로운 주부 생활,
어려지는 피부를 위한 '생활 꿀팁'

> *"간절한 소망과 확실한 믿음 앞에 불가능은 없다.*
> *생각은 단순하게, 행동은 확실하게, 마음은 긍정적으로."*

일하는 엄마의 하루는 무척 빠르게 흘러갑니다. 아이들보다 1시간 먼저 아침을 맞이하고 1시간 늦게 잠을 청해야 비로소 '주부'의 일과는 끝이 납니다. 종일 애써도 티가 나지 않는 것이 살림이라는 말을 매일 실감하면서도 반복된 일과를 숙제처럼 해치우는 것이 주부의 숙명인 것 같아요.

원래 잠이 무척 많은 저도 가정을 꾸리고 난 뒤로는 하루 6시간 이상 잠을 자 본 적이 없습니다. 매일 아침 조금 더 자고 싶은 마음이 굴뚝같지만, 현실은 결코 '게으름'을 허락하지 않습니다. 가끔은 주말 오후까지 늦잠을 즐기던 미스 시절이 그립기도 하지만 '열정 아주미'의 근성으로 매일 최선을 다해서 살아갑니다.

일하고 살림하는 주부의 휴일 없는 일상은 365일 계속됩니다. 그 때문에 찰나의 여유를 이용해 틈틈이 관리하고 중요한 약속을 잡듯 홈케어를 다짐해야 '나만의 시간'이 생깁니다. 그래서 저는 나름의 규칙을 정해 놓고 피부를 돌봅니다.

무엇이든 '성실함'이 중요하지만, 피부의 젊음을 되돌리는 홈케어는 '반복'이 중요합니다. 관리를 지속하는 노력이 홈케어의 성패를 결정짓는다고 해도 과언이 아니에요. SNS에 뷰티 일기를 기록하듯 매일 피부에 저의 손길을 담습니다.

아무리 피곤하고 바빠도 클렌징과 기초 스킨케어는 꼭 하고 잠자리에 들려고 애씁니다. 정말 녹초가 된 날은 세안만 꼼꼼히 하고 마스크 팩을 붙인 채 쓰러지듯 곯아떨어집니다. 그렇게 잠든 다음 날은 아침 스킨케어에 더 정성을 쏟습니다.

일하고 살림하는 고단한 주부도 언제나 '아름다운 여자'로 나이 들길 원합니다. 그래서 저는 자투리 시간을 이용해서 스킨케어를 합니다. 조금만 관심을 가지면 언제, 어디서든 스킨케어를 병행할 수 있습니다. 1분도 허투루 쓰지 않는 양쥐언니의 슬기로운 주부 생활을 소개합니다.

✓ 눈 뜨자마자 피부에 물을 주자

저는 눈뜨자마자 부스스하게 주방으로 향하던 엄마였습니다. 요즘은 아침 식사를 챙기기 전에 피부 수분을 먼저 챙겨 줍니다. 토너 패드로 피부결을 정돈하며 밤새 배출된 피부 노

폐물을 닦아 줍니다. 상쾌한 아침을 시작하는 저만의 뷰티 노하우입니다. 30초도 안 되는 짧은 시간이지만, 수분이 가득한 촉촉함을 느낄 수 있어요.

✔ 차 안에서 보내는 시간을 활용하라

하루 일과를 돌아보면 의외로 차에서 보내는 시간이 많습니다. 차 안에서도 피부는 예뻐질 수 있어요. 저는 장거리 운전을 할 때는 밀착력이 좋은 마스크 팩을 합니다. 또 차 안에 있다 보면 햇볕이나 히터, 에어컨 바람으로 피부가 땅기고 건조해지기 쉽잖아요. 이런 순간에는 토너 패드를 얼굴에 올려놓고 잠시 휴식 시간을 갖습니다. 3~5분 정도의 짧은 시간이지만 피부 진정과 수분 공급에는 탁월한 효과가 있어요.

✔ 커피 한 잔의 여유를 피부에 양보하라

저는 사무실에도 클렌저와 앰플, 수분크림을 갖다 놓고 지냅니다. 집중력이 떨어지거나 일이 잘 풀리지 않을 때, 메이크업이 답답하고 무겁게 느껴질 때 간단히 세안하고 기초 제품을 발라 줍니다. 자판기 커피 한 잔 마실 시간을 투자하면 피부 건강은 물론이고 가볍고 산뜻한 기분까지 되찾을 수 있어요.

✔ 히든 타임은 드라마 방영 시간대이다

하루 중 가장 행복한 시간은 식사를 마치고 가족과 함께 보내는 저녁입니다. 바쁜 하루를 마감하는 기분으로 딸과 함께 드라마를 보며 마스크 팩을 합니다. 드라마를 보는 동안은 1시간이 1분처럼 느껴지잖아요. 지루하지 않게 피부 관리를 하면서 드라마도 보고, 아이와 오붓하게 대화도 나눌 수 있으니 일석삼조라 할 수 있어요.

✔ 피곤한 날은 수면 팩을 적극적으로 활용하라

40대 아줌마의 체력은 20대와 달라요. 아무리 굳은 결심을 해도 몸이 마음을 따라 주지 않는 날이 많습니다. 너무 피곤해서 손가락 하나도 까딱할 기운도 없는 날은 마스크 팩 한 장만 붙인 채 잠을 청합니다. 저는 3~5시간 이상 사용 가능한 콜라겐 마스크를 수면 팩처럼 활용합니다. 시원하게 피부에 닿는 겔 시트를 느끼며 잠들면 다음 날 화사하게 맑아진 '새 얼굴'을 만날 수 있거든요.

20. 화장품도 레이어드가 대세!
'꿀조합' 제품들

*"매일 일기를 쓰듯 피부를 관리하세요.
긴박긴박 홈케어를 기록한 피부는 스스로 젊음을 되찾아 갑니다."*

매일 SNS를 통해 여자의 인생을 기록합니다. 불혹 아줌마의 특별할 것 없는 일상이지만, 피드에 기록 중인 저의 '뷰티 일기'는 제게는 각별하게 다가옵니다. 주부로 살면서 '나를 잃어 가는 기분'을 경험해 본 한 여자로서 '나를 위한 시간'의 소중함을 너무나도 잘 알고 있기 때문인 것 같아요.

여자로서 자신감을 되찾고 싶어서 관리를 시작했습니다. 단기 목표를 세우고 SNS를 통해 일상을 공유하며 저 자신과의 약속을 지키려고 부단히 애를 썼습니다. 그렇게 크고 작은 성취감을 느끼며 '관리하는 아줌마'로 소통하다 보니 어느덧 '시들지 않는 젊음'을 꿈꾸는 여자의 인생을 살게 됐네요.

평생 아름답게 살고 싶은 여자의 마음은 누구나 똑같을 것 같아요. 조금 천천히 나이 들고 싶고, 이왕이면 아예 늙지 않는 '동안 미모'를 갖고 싶은 마음은 모든 여자의 공통된 희망 사항이 아닐까요?

저 역시 10년 더 젊은 미모를 위해 열심히 관리하고 효과 좋은 홈케어를 연구합니다. 요즘은 워낙 좋은 화장품이 많아서 조금만 신경 써도 젊음을 유지할 수 있잖아요. 집에서 관리하는 것만으로도 시들지 않는 미모를 얻을 수 있다면 금상첨화죠. 저 같은 40대 여자들은 조금만 방심하면 노화의 직격탄을 맞으니까 더 관심을 두게 됩니다.

*"삼겹살에는 소주! 젊음은 관리!
조화로운 조합은 더 큰 시너지를 낸다"*

저의 홈케어는 심플 그 자체예요. 꽉 채워서 관리해도 5단계(클렌징-모공 패드-타임 앰플-수분 크림-콜라겐 팩)를 넘지 않습니다. 바쁜 일상에 쫓기며 사는 만큼 피부 관리도 간단해야 한다는 주의예요. 빠르고 쉽게 관리하되, 효과는 최상으로 끌어내는 것이 '지속 가능한 홈케어'의 비결이라고 생각하거든요.

매번 정해진 루틴을 무조건 반복해야 하는 관리도 반대하는 편이에요. 그날그날의 피부 상태에 따라 필요한 만큼만 관리하라고 조언하고 싶어요. 홈케어의 좋은 점이 바로 '자율성'이잖아요. 내가 원하는 관리를, 내가 원하는 시간에, 나에게 필요한 만큼 조절할 수 있죠.

기초 제품 5단계 루틴을 추천하는 저도 바쁠 때는 최소한의 관리만 합니다. '패드와 크림'만 바르는 아침도 있고 앰플과 마스크 팩으로 홈케어를 마무리하는 저녁도 있어요. 피부 상태가 안 좋은 날은 5단계로 집중 관리를 하지만, 평소에는 '패드-앰플-크림' 3단계 관리를 더 선호합니다.

이렇게 직접 피부 관리를 할 때는 반복된 루틴을 짜는 것만큼 중요한 것이 '화장품 레이어드'인 것 같아요. "백지장도 맞들면 낫다."라는 속담처럼 함께 사용하면 효과가 배가되는 화장품 조합도 있거든요.

아로셀 기초 제품으로 관리하는 저는 '모공 패드와 수분크림', '타임 앰플과 수분크림', '타임 앰플과 콜라겐 팩' 조합을 적극적으로 활용합니다. 바쁘고 피곤한 날은 두 가지 제품 조합으로 뚝딱 관리를 끝내요. 5분도 안 걸리는 간단한 관리지만, 효과는 확실하죠.

수분크림은 아침저녁으로 꼭 바르려고 노력합니다. 피부는 보습 관리만 잘해 줘도 건강을 유지할 수 있어요. '수분 폭탄' 아로셀 크림은 한 번 바르는 것만으로도 한나절 이상 촉촉함이 유지되기 때문에 건조한 날씨에 정말 요긴하죠.

매끄럽게 밀착 및 흡수되는 발림성으로 피부 표면은 물론이고 속 건조까지 확실히 잡아 주니까 종일 광채 피부를 연출할 수 있고요. 줄기세포 배양액과 당나귀 모유를 듬뿍 함유하고 있어 보습은 물론 미백, 재생, 탄력 증진에도 도움을 주는 스마트한 뷰티 아이템이라 할 수 있어요.

바쁜 아침에는 패드로 피부결 정리를 하고 수분크림만 발라줘도 물광 메이크업 연출이 가능합니다. 이 두 제품의 조합은 여행 중에도 요긴하게 활용할 수 있어요.

잠들기 전에 집중 노화 관리는 '앰플과 수분크림', '앰플과 마스크 팩'으로 해결해요. 피부 재생과 탄력 증진에 효과적인 고기능성 제품을 레이어드하는 것만으로도 피부는 훨씬 젊어집니다.

진정한 멋쟁이는 레이어드로 스타일을 완성한다고 하죠. 진정한 피부 미인은 화장품 레이어드로 젊음을 지킬 줄 압니다. 무조건 오래, 많이 바른다고 피부가 좋아지는 것은 아니에요. 홈케어는 각각의 피부 문제점에 맞춰서 꾸준히 관리할 때 성공한다는 사실을 잊지 마세요.

21. 지친 나를 위한 30분의 휴식!
5단계 나이트 풀 케어

> *"여자는 화장품을 바르는 것이 아니라*
> *젊음 유지의 꿈을 실천하는 것이다."*

'사회적 거리 두기'가 장려되고 있습니다. 마스크가 생활필수품이 됐고 모임이나 여행은커녕 외출조차 조심스럽습니다. 사람과의 접촉을 피하는 '언택트 소비'가 급증하고 있고 집에서 쇼핑, 문화, 여가를 즐기는 '홈코노믹족'이 늘고 있다고 하죠.

요즘은 집이 일상의 전부인 것 같아요. 아이들의 휴교 기간이 길어지고 재택근무가 확산되면서 일과 육아, 살림을 끌어안은 채 고군분투하는 주부들이 많으시죠. 아침부터 저녁까지 잠시도 휴식을 허락하지 않는 분주한 생활이 어서 끝나기만 간절히 바라게 됩니다.

요즘 저의 일상도 아이들로 시작해서 아이들로 끝나는 날이 많습니다. 잠시도 가만히 있지 않는 아이들과 종일 씨름하고 먹이고 치우고의 반복 속에서 하루가 지나갑니다.

몸도, 마음도 지치기 쉬운 시기잖아요. 부모의 마음은 더욱더 무거울 수밖에 없어요. 이럴 때는 나 자신부터 잘 다독이며 긍정적인 태도를 갖는 것이 중요합니다. 저는 하루 한 번씩 저만을 위한 '휴식'을 마련합니다. 종일 지치고 스트레스받은 저를 위해 단 30분이라도 혼자만의 시간을 가집니다.

특히 잠들기 전 30분은 피부에 양보합니다. 하루 중 가장 편안한 상태로 나를 돌볼 수 있는 순간이 밤인 것 같아요. 종일 고생한 나에게 선물을 하듯 홈케어를 합니다. 전쟁 같은 하루를 마감하는 마음으로 순서를 정해 차근차근 단계를 밟아 가며 피부를 돌봐요.

SNS를 통해서는 자주 소개해 드렸지만, 저의 홈케어는 집중 관리를 해도 5단계를 넘지 않습니다. 제품 사용 순서대로 소개하자면 '마시멜로우 폼클렌저→곰돌이 패드→타임 앰플→수분크림→탱탱콜라팩' 정도로 요약할 수 있습니다.

부지런히 바르면 5분이면 충분한 관리지만 저는 조금 더 느긋하게 즐기는 편이에요. 세안할 때는 미온수로 얼굴을 적신 다음 폼클렌저를 적당히 덜어 U존과 T존을 중심으로 메이크업 제품이 뭉치기 쉬운 코 양옆과 눈가까지 부드럽게 씻어냅니다.

세안 후에는 토너 대신 닦는 곰돌이 패드를 사용해 피부결을 정리해요. 순면 소재 닦토패드는 잔여 노폐물 제거는 물론이고 수분, 모공 진정에 정말 특효랍니다. 또한 AHA 성분을 통해 데일리 필링한 효과까지 얻을 수 있어서 편리한 홈케어 아이템이에요.

1단계 세안, 2단계 피부결 정리를 마치면 얼굴이 좀 환해진 기분이 듭니다. 3단계부터 본격적인 피부 리뉴얼 시간이라고 할 수 있어요. 가벼워진 피부에 기능성 화장품으로 부족한 수분과 영양을 보충해 주는 거죠.

3단계는 영양 관리입니다. 기초 제품 중에서 가장 입자가 작은 고농축 앰플을 피부에 발라 주요 영양소를 피부 속 깊은 곳까지 전달해 주는 거예요. 타임 앰플은 줄기세포 중 인체 제대혈 세포에서 추출한 줄기세포 배양액을 듬뿍 함유한 제품입니다. 바르는 순간 쫀쫀하게 흡수되며 피부 탄력과 광채가 되살아나요.

앰플로 '쫀쫀'해진 피부는 4단계 보습 관리를 통해 부드럽고 매끈해집니다. 저는 수분크림도 아로셀을 사용합니다. 워낙 귀해서 '화이트 골드'라 불리는 동키 밀크와 인체 제대혈 세포 배양액을 주성분으로 하는 만큼, 수분감이 오래 지속되고 거친 피부가 촉촉하게 유지됩니다.

저녁 홈케어의 마지막 순서는 바로 마스크 팩이에요. 유명 연예인들의 피부 관리 비결이 1일 1팩이라고 할 정도로 '팩'은 뷰티케어에서 빼놓을 수 없는 아이템이죠.

마스크 팩은 마스크 시트 한 장으로 간편하게 피부 관리가 가능해서 저도 자주 애용하는데요. 밤에는 10~15분 정도 잠깐 붙였다 떼어내는 일회성 팩 대신 3~5시간 시간짜리 콜라겐 마스크 팩을 얼굴에 올려놓고 잠자리에 듭니다.

팩 관리가 끝난 후 따로 얼굴을 씻어내거나 피부에 남은 에센스를 두드려 흡수시키지 않아도 되니까 너무 편해요. 자고 일어나서 투명해진 마스크 시트를 떼어내면 밤새 환해진 피부를 만날 수 있습니다.

> "타고난 미모는 20대까지 빛나지만
> 관리한 미모는 죽을 때까지 빛이 납니다."

30대 이후의 여자는 관리할수록 아름다워집니다. 공짜로 얻어지는 아름다움은 없습니다.

선천적으로 가지고 태어난 외모와 피부결은 20대까지인 것 같아요. 본격적인 노화가 시작되는 30대부터는 관리의 여하에 따라 더 젊게 보이기도 하고 더 나이 들어 보이기도 합니다. 그래서 저는 40대에도 30대 같은 '젊음'을 꿈꾸며 조금 더 젊고 예쁘게 살려고 애를 씁니다.

노화의 징후는 가급적 일찍부터 관리를 시작하라고 말하고 싶어요. 건강처럼 젊음도 잃고 나서 되돌리려면 몇 배의 노력과 시간이 들거든요. 특히 매일 반복하는 세안과 홈케어는 꾸준히 반복하는 것이 최선이라고 생각합니다. 나름의 원칙과 규칙을 정하면 관리는 더욱더 수월해집니다.

어릴 때 일기를 쓰면 꼭 끝에 "무척 즐거운 하루였다."라는 감상을 붙였습니다. 지금은 저의 뷰티 일기장에 "무척 설렌다."라는 기대를 담습니다. 내일을 기대하게 만드는 무언가가 있다는 자체가 '행복'인 것 같아요. 무력한 일상을 지속하게 해 주는 힘은 의외로 작은 기쁨들이잖아요.

행복은 찾아오는 것이 아니라 스스로 만드는 것이라고 해요. 오늘을 기쁘게 만들어 주는 감동은 의외로 소소한 일상 속에 숨어있다는 사실을 잊지 않았으면 합니다.

양쥐언니 추천! 밤을 위한 5단계 홈케어

- **1단계: 마시멜로우 폼클렌저**
  물기가 없는 손에 거품을 덜어낸 후 얼굴 전체에 도포한 다음 20~30초간 마사지한다. 손에 물을 묻혀서 한 번 더 롤링한 다음 미온수로 세안한다. 탄력 있는 미세 거품 클렌저로 피부를 자극 없이 말끔하게 씻어 주는 것이 포인트. 딥 클렌징과 함께 특유의 보습력으로 유수분 밸런스까지 바로잡을 수 있다.

- **2단계: 3.H 모공 패드**
  엠보싱 패드 방향을 이용해 피부결을 따라 얼굴을 닦아 준다. 잔여 노폐물 정리가 끝나면 패드 뒷면을 이용해 목과 코 옆, 눈가 등을 추가로 정돈한다. 이는 피부에 쌓인 각질 및 노폐물을 제거하고 피부결을 정돈해 주는 효과가 있다.

- **3단계: 타임 리버스 키트**
  기초화장품 중 고농축, 고영양 성분인 앰플은 입자가 피부 안쪽 진피층까지 고르게 전달되는 고농축 앰플이다. 인체 제대혈 줄기세포와 히알루론산을 동결 건조하여 만든 파워셀을 액티베이터로 녹여서 얼굴에 적당량을 도포하여 손끝으로 부드럽게 흡수시킨다.

- **4단계: 수분 폭탄 밀크 크림**
  속은 촉촉하고 겉은 보송보송하게 가꿔 주는 '속촉겉보' 아이템이다. 일반 수분크림이 아니라 탯줄 줄기세포에 병풀 추출물, 동키 우유까지 함유한 순한 제품으로 모든 피부에 사용 가능하다. 스패츌러로 크림을 떠서 손에 덜어낸 다음 얼굴에 도포. 손끝으로 마사지하듯 발라 준다. 한 번 바르면 종일 촉촉함이 유지된다.

- **5단계: 탱탱콜라팩**
  겔 타입 마스크 시트로 제작된 콜라겐 팩이다. 3~5시간 정도 장시간 사용할 수 있어서 수면 팩으로 적당하다. 에센스가 적셔진 일반 시트 팩과 달리 내용물이 흘러내리지 않아서 안심하고 잠을 청해도 된다.

22. 한 방! 효과 빠른 피부 종합 영양제 '콜라겐 팩'

"먹방의 즐거움은 단짠단짠의 묘미에서 찾아지고
홈케어의 재미는 반전 같은 변화의 '발견'에서 얻어진다."

일상의 소소한 행복을 나누고자 SNS로 소통하는 77년생 뱀띠 아줌마 양쥐언니입니다. 소심한 집순이 아줌마에게 SNS는 최고의 놀이터이자 세상이었고 이젠 삶의 일부가 됐습니다. 외롭지 않아서 좋았고 더 열심히 살 힘이 생겨서 감사했던 시간이 벌써 5년이 훌쩍 넘어가네요.

육아와 일상, 맛집과 패션, 운동과 다이어트까지 저의 SNS에는 정말 많은 이야기가 담겨 있습니다. 웃고 울고 또 서로 격려하며 한 걸음씩 걸어온 지난 여정을 통해 함께하는 동행의 벅찬 기쁨을 알아갈 수 있었던 것 같아요.

저물어가는 30대를 아쉬워했던 제가 어느덧 40대 중반의 문턱을 바라보고 있습니다. 해마다 더 무거워지는 세월의 무게를 느끼며 매년 더 열심히 바르고 관리하며 '노화와 씨름합니다. 아무리 나이를 먹어도 젊고 예쁘게 살고 싶은 욕심은 비워지지 않는 것 같아요.

엄마의 본능에 충실히 생활하듯 여자의 본능에도 충실하게 살자는 마음으로 요즘은 '뷰티 일기장'에 열을 올리고 있습니다. 화장품으로 피부의 젊음을 되찾을 수 있다는 확신이 생겼기 때문인 것 같아요.

처음 시작한 스킨케어인 만큼 효과에 대한 기대가 컸고 화장품에 대한 저의 기준도 높았습니다. 말도 안 되는 줄 알면서도 '쉽고 간편하게 관리하고 드라마틱한 효과를 주는 홈케어'를 추구해 온 저라서 많은 분이 힘들어하셨던 기억이 새록새록 떠오르네요.

그만한 성능을 보장하는 제품과 확실한 관리 루틴을 짜고 본격적으로 제 피부에 테스팅을 시작한 게 작년입니다. 화장품 박사의 마음으로 매일 실험하듯 제품을 바르고 매일 피부에 일어나는 변화를 관찰했습니다. 그런 끈질긴 노력으로 얻은 확신으로 '뷰티 일기장'을 쓰자고 마음먹었습니다.

피부의 수분, 모공, 탄력, 미백, 재생까지 '종합 관리'를 목표로 시작한 저의 뷰티 일기의 첫 페이지는 콜라겐 마스크 팩으로 시작했습니다. 마스크 팩은 초보부터 전문가까지 누구나 부담 없이 접근할 수 있는 아이템이잖아요.

우선 화장품 업계에서 가장 최첨단 과학으로 손꼽히는 '바이오 기술'로 탄생한 '줄기세포 배양액' 성분의 콜라겐 팩이라는 점이 흥미로웠습니다. 피부에 빠르게 흡수되는 저분자 콜라겐과 노화를 막아주는 복합 펩타이드 성분이 피부 기초부터 관리해 촉촉함과 탄력을 되살려 준다는 설명도 매력적이었죠.

혹시나 하는 기대로 반신반의하며 아로셀 슈퍼셀 파워 마스크를 개봉했습니다. 요즘은 워낙 좋은 마스크 팩이 많잖아요. 별다른 기대 없이 체험을 시작했지만, 반전 같은 결과를 얻었습니다. 한 번 사용한 것만으로 180도 달라진 얼굴을 감상하느라 한참이나 거울에서 눈을 떼지 못했어요. 환하게 맑아진 피부는 물론 속부터 촉촉하게 탄력을 직접 확인하면서 저절로 믿음이 생기더라고요.

에센스가 흐르지 않는 젤리 타입 마스크 시트도 큰 장점으로 다가왔습니다. 365일 고단한 주부로 살다 보니 팩을 올려놓고 잠드는 날이 부지기수였거든요. 시트에 적셔진 에센스가 흐르지 않고 피부에 그대로 흡수되니까 침대에서 잠이 들어도 안심할 수 있더라고요.

탱탱콜라팩은 3시간 이상 사용하면 효과가 배가 된다고 하니까 피곤한 날은 기초 관리 대신 마스크 팩으로 스킨케어를 대신하고 잠을 청합니다. 비록 마스크 팩 한 장이지만 고급 유효 성분이 피부를 되살려 주어 '종합 관리'를 받은 듯 화사한 피부를 만날 수 있어요.

"현재만 있는 인생에 되감기 버튼은 없다.
하지만 관리하는 여자의 시간은 거꾸로 흐르기도 한다"

'잃어버린 젊음'을 되돌릴 수 있는 무한한 가능성의 시대를 살고 있습니다. 살림하고 아이를 키우는 주부에게는 딴 세상 이야기 같았던 첨단 과학 기술이 이제는 안방까지 찾아와 저를 설레게 하네요. 단순히 잘 바르는 것만으로 어려지는 피부의 기적이 코앞으로 다가온 것 같아요.

늙지 않는 사람은 없지만, 영원한 젊음은 존재합니다. 실제 나이보다 젊고 건강한 외모를 유지하는 노력이 바로 '영원히 늙지 않는 비결'인 것 같아요. 모두에게 주어진 하루 24시간은 똑같지만, 노화의 시계는 저마다 다른 속도로 움직입니다.

10년 더 젊게 사는 인생을 꿈꾸는 저는 노화의 시계를 거꾸로 되돌리는 꿈을 꿉니다. 누구나 늙지 않고 아름답게 나이 드는 '기적 같은 관리'를 기대하며 뷰티 일기장에 희망을 담아 봅니다. 철들지 않는 피부로 소통하는 양쥐언니의 꿈도 언젠가는 현실이 되겠죠?

23. 미녀는 잠꾸러기?
잠든 동안 더 어려지는 피부

"나태와 게으름은 피부를 망친다.
건강과 젊음은 절제와 반복으로 유지된다."

혼히 미인은 잠꾸러기라고 합니다. 반은 맞고 반은 틀린 말인 것 같아요. 잠은 오래 자는 것보다 잘 자는 것이 더 중요하거든요. 전문의들은 적정 시간 동안 양질의 수면을 취하라는 조언을 자주 합니다. 실제로 잠은 건강하고 젊게 사는 데 중요한 역할을 해요.

우리가 잠든 동안에도 우리 몸은 쉬지 않고 일합니다. 낮에 활동하며 손상된 세포를 회복시키고 뼈와 근육의 성장을 돕습니다. 몸의 재생과 성장에 관련한 모든 과정이 수면 중에 일어나는 거예요. 우리의 젊음을 책임지는 피부 세포도 잠을 자는 동안 만들어집니다.

수면 부족은 피부를 거칠게 하고 집중력 저하, 폭식, 무기력 등을 유발하기도 하는데요. 잠이 부족해지면서 몸의 항상성을 유지해 주는 호르몬의 밸런스가 깨지면서 생기는 증상이라고 합니다. 결국 잠을 잘 자야 피부도 예뻐지고 생활에 활력도 생긴다는 말이죠.

이상적인 수면은 하루 8시간 숙면이라고 합니다. 특히 성장호르몬의 분비가 왕성한 밤 10시에서 새벽 2시까지의 시간은 아이들의 키 성장뿐만 아니라 피부 재생에도 탁월한 시간대로 알려져 있습니다. 또한 잠을 잘 때는 주변을 어둡게 하고 자야 멜라토닌 분비가 왕성해서 맑고 깨끗한 피부를 유지할 수 있다는 사실! 다들 알고 계셨나요?

"좋은 잠이 쌓여 좋은 나를 만든다."라는 어느 침대 광고 문구처럼 우리 생활에서 잠은 여러모로 무척 중요해요. 하지만 현실은 편안한 잠을 쉽게 내어 주지 않습니다. 과도한 업무와 스트레스에 시달리는 현대인들은 새벽까지 잠 못 이루는 날이 많고 자주 수면 부족에 시달립니다.

누구보다 젊고 건강한 삶을 우선으로 생각하는 저도 하루 5~6시간 이상 자 본 적이 없습니다. 아침밥을 차리느라 일찍 일어나고 아이들 재워 놓고 볼 일을 마치면 금방 새벽이 찾아옵니다.

수면 부족이 피부 건강에는 최악의 적이라는 것은 알지만 어쩔 수 없잖아요. 엄마이자 여자로서 완벽할 수 없음을 인정하면서, 피부에 부족한 재생관리는 홈케어로 대신합니다. 요즘은 홈케어 제품이 워낙 잘 만들어져서 조금만 신경 쓰면 단시간에 피부 변화를 끌어낼 수 있어요.

나이를 불문하고 가장 사랑받는 뷰티 아이템은 단연 마스크 팩입니다. 휴대하기 쉽고 사용 방법이 간단해서 언제, 어디서나 관리할 수 있으니까요. 그뿐인가요? 시트 한 장에 담긴 고농축 에센스가 피부 진정부터 보습, 미백, 탄력 증진 등에 개선 효과를 안겨 준다고 하니 마다할 이유가 없죠.

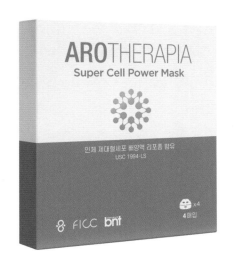

저처럼 만성피로에 시달리는 아줌마들이 가장 쉽게 쓸 수 있는 뷰티 제품도 마스크 팩입니다. 밤늦게까지 일하고 녹초가 되어서 퇴근한 날은 이것저것 바를 심적 여유가 없어요. 그런 날은 세안 후에 콜라겐이 듬뿍 담긴 마스크 시트를 얼굴에 붙이고 그대로 잠을 청합니다.

진보한 화장품 기술의 수혜를 톡톡히 누리고 있는 셈이죠. 요즘 출시된 겔 타입 마스크 팩은 에센스가 흐르지 않고 단단히 밀착된 상태로 피부를 보호합니다. 한 번에 3~5시간 정도 사용할 수 있으니까 수면 팩으로 활용할 수 있습니다. 무엇보다 자고 일어나면 탱탱하게 어려진 얼굴을 확인할 수 있으니까 관리하는 보람을 느껴요.

"비움과 채움의 반복이 고운 피부를 완성하고
충전과 휴식의 조화가 심신의 아름다움을 지켜준다."

100세 시대잖아요. 저는 언제나 '젊게 살고 아름답게 나이 드는 여자'를 소망합니다. 살아온 날보다 살아갈 날들이 더 많다는 생각으로 착실하게 자신을 가꿉니다. 지나간 시간은 되돌릴 수 없지만, 잃어버린 젊음은 되찾을 수 있다는 믿음으로 말입니다.

모두가 자신의 삶을 충실하게 살아가는 이유는 인생이 단 한 번뿐이기 때문이라고 합니다. 그래서 덜 후회할 수 있는 선택을 하고 목표를 위해 최선을 다하며 살아갑니다. 우리는 이런 선택과 도전 속에서 삶의 의미를 찾기도 하고 부족했던 자신감을 회복하기도 해요.

저에게 젊음과 아름다움은 '평생의 목표'이자 여자로 당당하게 살기 위한 '노력'인 것 같습니다. 누군가의 딸이나 엄마가 아니라 '나'로서 행복할 수 있는 제 인생의 지휘자가 되고 싶네요.

"인생은 짧고 젊음은 영원하다." 달콤한 꿈을 꾸며 고단한 주부의 일상에 작은 행복을 누리는 하루가 되시길 바랍니다.

24. 노화를 늦추는 마스크 팩 활용법, "콜라겐 덮고 주무세요!"

> "하루 24시간은 누구나 공평하게 주어진다.
> 시간을 어떻게 활용할지는 각자의 선택에 달렸다."

시간의 소중함을 느끼며 살아갑니다. 하루가 다르게 커 가는 아이들을 보면 더 그래요. '언제 저렇게 컸나?' 싶어서 대견스럽다가도 순식간에 흘러버린 시간이 아쉬워서 '조금만 더 천천히 커 줬으면' 하는 마음이 듭니다.

인생의 체감 속도가 빨라질수록 마음도 분주해집니다. 1분 1초도 낭비하고 싶지 않은 욕심에 잠자는 시간조차 아깝다는 생각이 들어요. 현실과 생활을 핑계로 미뤄 왔던 꿈을 진지하게 고민하게 되고 인생의 참된 행복에 가까워지려고 노력합니다.

SNS를 통해 제2의 인생을 사는 저에게 주어진 행복은 '일'과 '가족'인 것 같아요. 목숨보다 소중한 두 아이의 엄마로 사랑받으며 살고 있고 SNS를 통해 외로운 인생에 어깨를 나란히 해 주시는 소중한 인연을 얻게 됐잖아요.

무엇보다 주부로 살면서 당당히 여자의 인생을 이야기하며 함께 나누는 삶을 살 수 있다는 것에 무척 감사하고 있습니다. 평범한 주부이자 두 아이의 엄마에 그칠 줄 알았던 제 인생 드라마에서 또 다른 '배역'을 선물 받은 것처럼 매일 떨리고 설레며 살고 있습니다.

주부의 일상으로 시작한 저의 SNS에 요즘 새롭게 떠오르고 있는 주제는 '피부'와 '젊음'입니다. 잘 먹고 꾸준히 운동하던 40대 아줌마가 이젠 '노화'를 연구합니다. 세월 앞에서는 장사가 없다고 하잖아요. 식습관 개선과 운동으로 부족한 '젊음 유지'를 위해 본격적으로 스킨 케어를 시작하기로 마음먹었습니다.

작년부터 시작한 기초 스킨케어 루틴을 꾸준히 반복하며 피부에 일어나는 변화를 확인하고 있어요. 30년 넘게 지속해 온 '화장품 유랑민' 생활을 접고 시작한 홈케어인 만큼 매일 정성을 다해 씻고 바르는 일상을 살고 있습니다.

젊고 건강한 피부 관리의 핵심이 '비움'과 '채움'이라고 생각하며 '꾸준함'을 실천하려고 애쓰고 있는데요. 너무 피곤하고 힘든 날은 자신과의 약속을 자꾸 미루고 싶은 유혹을 떨치기가 힘들어요.

클렌징부터 기초 관리와 재생 케어까지 집에서 관리하는 제가 자주 애용하는 뷰티 아이템은 마스크 팩입니다. 언제 어디서든 손쉽게 관리할 수 있고 순간적으로 확 달라진 피부를

직접 확인할 수 있으니까 더 애착이 갑니다.

아로셀 슈퍼셀 파워 마스크는 저의 노화 예방을 책임지는 효자 아이템입니다. 일명 '탱탱콜라팩'이라고 소문이 난 젤리 타입 마스크 팩인데요. 콜라겐과 줄기세포 배양액이 주성분에 항노화 복합 펩타이드 성분을 더해 피부 탄력과 미백, 주름 개선에 탁월한 명품 아이템이에요.

얼굴에 빈틈없이 밀착되는 촉촉한 겔 타입 시트라 피부에 자극이 없어요. 또 한 번만 사용해도 즉시 효과를 느낄 수 있으니까, 다음날 중요한 일정이 있을 때는 꼭 얼굴에 붙이고 잠을 청합니다. 자고 일어나서 투명해진 시트를 벗겨내면 깐 달걀 속살처럼 뽀얗고 탱탱해진 피부를 발견할 수 있어요.

> "내면의 깊이는 말투와 표정으로 드러나고
> 외면의 아름다움은 피부로 표현된다."

나이를 먹을수록 피부는 탄력을 잃고 건조해집니다. 수분 부족에 시달리는 피부는 칙칙하고 거칠어지고 외부의 작은 자극에도 민감하게 반응하죠. 본격적인 노화가 시작되는 30대 이후부터는 조금만 방심해도 피부 컨디션이 나빠질 수 있어 더욱 각별한 관심이 요구됩니다.

여자에게 피부는 젊음의 상징이자 외적 아름다움을 결정짓는 결정적인 요소잖아요. 눈가에 자글자글한 잔주름이나 입가 양쪽에 깊게 팬 팔자주름으로 스트레스를 받아 본 경험이 한 번쯤은 있지 않나요?

홈케어를 준비하면서 제가 느낀 최선의 안티에이징은 꾸준한 관리인 것 같아요. 매일 조금씩이라도 꾸준히 관리하는 습관이 가장 중요합니다. 아무리 귀찮아도 세안은 하고 자고, 맨얼굴로 잠들 것 같은 날은 팩 한 장이라도 올려놓고 잠드는 작은 실천이 피부 시간을 멈춰 줍니다.

"구슬이 서 말이라도 꿰어야 보배다."라는 속담처럼 아무리 좋은 화장품도 바르지 않으면 소용없어요. 홈케어하는 습관은 넘쳐도 괜찮아요. 주부도 여자잖아요. 젊고 아름다운 자신을 만들기 위해 쏟은 노력은 사치가 아니라 권리이고 본능이라는 사실을 잊지 마세요.

세상의 모든 여자는 평생 아름답게 늙어 갈 권리가 있습니다. 나를 사랑할 줄 아는 여자가 일도, 육아도, 살림도 더 열정적일 수 있어요. 나 자신이 행복할 때 비로소 주변도 아름다워 보이는 것처럼 말입니다.

25. '영원한 젊음'을 꿈꾸는 아줌마의 '뷰티 일기장'

"철들지 않은 아름다움을 갖고 싶어요.
외면은 젊고 발랄하게, 내면은 깊고 따뜻한 여자를 꿈꿉니다."

20대 후반에 결혼해서 지금은 두 아이의 엄마로 살고 있습니다. 여자의 인생에 결혼과 출산보다 큰 변화도 없는 것 같아요. 항상 받기만 했던 보살핌과 관심을 아이들에게 쏟으면서 비로소 '어른'의 무게를 실감했던 것 같습니다.

저는 친구 같은 엄마가 되자고 마음먹었습니다. 자식에 대한 애착이 남달랐던 부모님의 기대에 부응해야 했던 저의 유년기를 아이들에게 대물림하고 싶지 않았습니다. 저 역시 자식만 바라보며 모든 것을 양보하고 희생하는 부모가 되길 원치 않았어요. 저 하나만 바라보고 자신을 헌신하며 살아오신 친정엄마를 보면서 자주 안타까운 마음이 들었거든요.

부모로서 아이들을 돌보고 보살피는 책임을 다하지만, 저의 기대와 바람을 강요하지 않습니다. 또한 '엄마'이기 이전에 '한 여자'라는 생각을 잊지 않고 내 인생을 살며 나를 가꾸는 일도 소홀하지 않으려고 노력해요. 아이들이 다 커서 떠난 뒤에도 즐겁게 살 수 있어야 한다는 생각으로 매일 열심히 일하고 최선을 다해 저를 가꿉니다.

저는 결혼 전부터 '여자는 결혼해도 예쁘게 자기관리를 해야 한다'라는 주의였어요. 실제로 결혼 후에도 피부와 몸매 관리에 관심이 많았습니다. 고된 육아 현실 앞에서도 가급적 식단 조절에 힘썼고 좋다는 화장품도 발라 가면서 나름대로 자기관리를 하려고 애썼던 것 같아요.

미스 시절처럼 피부과나 에스테틱을 다니며 전문적인 관리를 받으면 효과는 좋았겠지만, 현실적으로 시간적, 경제적 여유가 생기질 않더라고요. 육아도 살림도 서툰 초보 맘이라 친구들과 차 한 잔 마시기조차 쉽지 않았던 때라 틈틈이 혼자서 할 수 있는 관리를 실천하는 데 의의를 뒀던 것 같아요.

"변화는 행동에서 시작되고 기적은 꿈꾸는 사람에게 찾아온다.
젊음을 꿈꾸고 아름다움을 실천하는 여자는 평생 시들지 않는 꽃과 같다."

제 일상에 변화가 시작된 것은 우연한 계기였습니다. 둘째 아들을 낳고 체중이 많이 늘어난 상태였는데 친한 동생이 출산 후 3개월 만에 아가씨 시절 몸매가 되어서 나타난 거예요. 운동으로 살을 뺐다고 하는데 부럽기도 하고 저 자신이 한심해 보이더라고요.

그때부터 조금 더 체계적으로 관리를 결심하고 행동에 옮겼습니다. 시간이 날 때 하는 관리가 아니라 잠을 줄여 가며 '나만의 시간'을 만들었어요. 그리고 작은 목표를 세워 가며 저를 응원했습니다.

세상에서 가장 깨지기 쉬운 약속이 자신과의 약속이라고 하잖아요. 초심이 무너질까 봐 염려스러운 마음에 SNS에 저의 관리 일상을 기록했습니다. 자신과 타협하지 않기 위한 저의 선택이었지만, 인친 분들의 응원과 격려에 힘을 얻기도 했습니다.

운동과 다이어트로 시작한 저의 일기장은 요즘 피부와 홈케어로 채워지고 있습니다. 기초부터 잘 관리된 탱탱한 피부를 '오래' 유지하고 싶은 저의 또 다른 도전입니다. 성형외과나 피부과에서 레이저 치료와 동안 시술도 많이 받아 봤지만, 비용도 비싸고 대부분 일시적인 효과에 그치는 경우가 많더라고요. 또 바쁠 때는 따로 시간을 내기도 힘들어서 홈케어를 선택하게 됐습니다.

집에서 하는 간단한 관리로 탄력 있고 매끈한 피부를 얻을 수 있다면 마다할 이유가 없잖아요. 일상 속에서 꾸준히 바르는 것만으로 효과를 얻으면서 오래 지속 가능한 뷰티케어를 완성하는 것이 저의 홈케어 목표예요.

아름다움을 향한 욕구는 여자의 본능이라고 합니다. 그 때문인지 여자는 외모의 변화 하나만으로도 자신감을 얻곤 해요. 그리고 그런 자신감은 인생의 새로운 길로 나아갈 도약대가 되기도 합니다.

우울하고 힘든 시기가 반복되는 것이 인생인 것 같아요. 고난과 시련 속에서 꽃은 피어난다고 하잖아요. 인생의 진정한 기쁨은 '아무 일도 일어나지 않을 때'가 아니라 '닥쳐온 시련을 잘 극복하고 이겨내는 순간'에 찾아오는 것 같아요.

단순하게 생각하고 확실히 행동하라! 오늘의 작은 행복을 실천하며 내일을 꿈꿉니다. 그리고 10년 더 젊은 미모를 위해 흔들림 없이 나아갑니다. 여자의 선명한 아름다움을 꿈꾸는 저의 뷰티 일기장은 오늘도 부지런히 '진행 중'입니다.

26. 봄, 벚꽃 컬러로 '톤업'하는
'노화' 관리

"여자와 봄은 닮았다.
앙증맞고 사랑스럽고 화사하다.
그리고 '방치'와 '무관심' 속에서는
절대 빛나지 않는다."

벚꽃의 계절이 돌아왔습니다. 며칠 전에 서울숲을 방문해 보니 봄이 성큼 코앞에 다가와 있음을 느낄 수 있었어요. 코로나19의 팬데믹 여파로 실내에서 지내는 날이 많아지다 보니 계절이 바뀌는 것도 모르고 지나칠 뻔했네요.

세계적인 혼란 속에서도 어김없이 봄은 찾아왔습니다. 이런 경이로운 '자연의 순리'에 감동하며, 아름다움을 찾는 여자의 욕망 역시 태어날 때부터 가지고 있던 천성이 아닐까 생각해 봅니다. 예쁘고 젊게 살고 싶은 바람은 저를 포함한 많은 여자의 희망 사항이니까요.

봄이면 화사한 옷을 찾듯이 피부 표현도 가볍고 산뜻해지는 것 같아요. 겨우내 피부 자체의 탄력과 수분 관리에 힘을 쏟았는데요. 날씨가 따뜻해지면서 가벼운 메이크업에도 신경을 쓰게 됩니다. 그래서 요즘은 톤업 기능이 더해진 선크림을 애용하고 있습니다.

아로셀 톤업 선크림 기억하시나요? 공구를 통해서는 제가 처음으로 국내에 소개해 드린 기능성 화장품인데요. 피부를 화사하게 가꿔주는 '톤업(tone-up)' 기능과 햇빛으로부터 피부를 보호하는 '선블록(Sunblock)' 기능을 동시에 가지고 있어요. 여리여리한 핑크빛 크림은 부드럽게 발리고, 피부를 환하게 밝혀 줍니다.

기존의 선크림과 차별화된 '무기자차' 성분 제품이라 관심을 가지게 됐고 몇 달간 직접 사용하며 성능을 테스트했습니다. 발림성과 커버력, 사용감과 표현력, 지속력 등 정말 여러 방면에서 꼼꼼히 타사 제품과 비교하고 자체 성능을 검증했습니다.

아로셀 톤업 선크림은 자외선은 물론 적외선까지 차단합니다. 기존의 화학적 자외선 차단제와 달리 광물에서 추출한 무기물질로 자외선을 차단하는 '무기자차' 선크림으로 민감성 피부도 부담 없이 사용할 수 있어요.

은은한 핑크빛이 감도는 에센스 타입으로 발림성이 가볍고 끈적임 없이 사용감이 산뜻해요. 기초화장품을 바른 다음 제품을 콩알만큼씩 덜어 얼굴 전체에 고르게 펴서 발라주면 생기 넘치는 '벚꽃 피부'가 완성됩니다.

매일 마스크를 쓰고 다니는 요즘은 두꺼운 메이크업이 부담스럽잖아요. 마스크에 화장이 눌리고 지워지는 것은 물론이고 습기가 차기 쉬운 마스크 안쪽은 피부가 예민해져 트러블로 고생하는 분들도 많아요. 이런 분들에게는 정말 추천하고 싶은 봄철 뷰티 아이템이었어요.

"젊음과 미모는
사소한 습관이 지켜 준다.
긍정적인 생각과 단순함의 반복이
성공의 열쇠다"

저는 가벼운 외출을 할 때는 아로셀 톤업 선크림 하나만 바르고 나갑니다. 피부 톤만 살짝 환해져도 얼굴은 한층 어리고 예뻐 보이죠. 자연스럽게 환한 피부 표현이 가능하니까 외출할 때 부담이 적어요. 또한 미백, 주름 개선, 자외선 차단 효과도 있어서 집 밖에서도 '홈 케어'하는 기분을 느낄 수 있습니다.

흔히 "봄을 탄다."라고 하죠. 요즘 같아서는 화창한 봄날을 핑계 삼아 예쁘게 단장하고 나들이를 가고 싶은 마음이 너무 간절합니다. 너무 당연해서 감사할 줄 몰랐던 일상의 소중함을 요즘 부쩍 느끼며 지냅니다.

우리의 젊음과 아름다움도 마찬가지가 아닐까 싶네요. 잃고 나서 후회하기보다는 지금부터 시작해 보세요. 조금씩 쌓은 습관이 훗날 확실한 결과로 감동을 줄 거예요. 부지런히 노력하는 여자는 매일 더 아름답게 피어납니다. 정성 어린 손길은 거짓말하지 않아요. 작은 것부터 하나씩 실천하는 오늘이 되길 바랍니다.

27. '열' 받으면 늙는다?
열 노화를 예방하는 '적외선' 차단법

*"냉정과 열정 사이에서 피부의 젊음이 살아난다.
머리는 차갑게, 가슴은 따뜻하게 가꿔라."*

젊음을 지켜주는 쉽고 빠른 길을 찾는 '꽃줌마' 양쥐언니입니다. '나이 들지 않는 젊음'을 위해 혼자서 시작한 관리가 어느덧 몇 년째가 됐네요. 저의 자기관리는 여자로서 자신감이 떨어지는 저를 위해 시작한 작은 도전이었습니다. 건강하게 먹고 꾸준히 운동하며 시작한 실천이 스스로 홈케어 화장품을 공부하는 뷰티케어 연구의 길을 열어 주었습니다.

그동안 저는 간편하게 바르고 확실한 효과를 주는 안전한 화장품을 찾아다녔습니다. 또한 집에서 사용하는 제품인 만큼 전문적인 배합이나 핸들링 없이 누구나 쉽게 사용할 수 있는 아이템을 눈여겨봤습니다. 그래서 제조 회사나 브랜드까지도 무척 까다롭게 따졌어요.

최근 저의 스터디 열정은 피부의 '열 노화'를 향하여 열심히 공부하고 있습니다. 열 노화란 피부 속의 열이 올라가면서 피부의 탄력이 떨어지는 물리적인 현상을 말해요. 얼마 전 시사 교양 방송에 소개되어서 주목을 받았었죠.

흔히 피부 노화를 부추기는 주범이 '자외선'이라고 알려져 있잖아요. 그래서 야외 활동이 잦은 봄철이면 아이부터 어른까지 선크림을 필수적으로 사용하죠. 이 자외선에 피부에 치명적인 이유가 '피부 온도'를 상승시키기 때문이라고 해요.

피부 온도를 상승시키는 원인은 다양합니다. 과도한 운동, 장시간 운전, 야외 활동, 스트레스가 주범입니다. 또한 컴퓨터나 핸드폰, 헤어드라이어 등의 전자기기를 사용하거나 주방에서 음식을 조리하는 동안에도 피부에 열이 오릅니다.

이렇게 피부에 열이 오르면 노화가 가속화된다고 합니다. 열이 피부 속 콜라겐을 파괴해 탄력을 떨어뜨리고 홍조, 모공 확장, 과도한 피지 등을 유발하고 심한 경우에는 피부암의 원인이 되기도 해요. 그 때문에 피부 건강을 위해서는 외부열을 차단하고 피부 온도를 적정 수준으로 낮춰주는 것이 효과적입니다.

저는 '열 노화' 예방을 위해 무기자차 선크림을 사용합니다. 광물 성분 선블록이라 외부 열이 피부에 흡수되기 전에 반사해 주는 기발한 제품이에요. 열에 의한 피부 손상을 차단해 주니까 외출할 때는 물론이고 집에서 음식을 하거나 텔레비전을 볼 때도 수시로 발라 줍니다.

제가 사용 중인 아로셀 톤업 퍼펙트 선크림은 끈적임 없이 촉촉하게 흡수되는 크림 타입이라 발림성은 물론이고 사용감도 산뜻해요. 화학 성분을 줄인 무기자차 성분이라 민감성 피부도 안심하고 쓸 수 있습니다.

선크림의 단점으로 꼽히는 백탁 현상은 물론이고 눈 시림 증상도 전혀 발생하지 않습니다. 장시간 사용해도 무리가 전혀 없어요. 그뿐만 아니라 피부를 환하게 만들어 주는 톤 업 기능까지 갖추고 있어요. 맑고 환한 제 피부 표현을 만들어 줍니다.

"마음은 활짝 열고 피부 장벽은 단단히 쌓아라.
내면까지 아름다운 미인들의 공통점이다."

사실 햇빛은 몸에 유익한 작용을 합니다. 중요한 비타민 D 합성을 도와주고 호르몬 분비를 원활히 도와 우울감을 해소해 줍니다. 또한 소독 작용도 한다고 해요. 피부 건강에는 치명적이지만 우리 삶에 꼭 필요한 부분이기도 합니다.

그 때문에 심신의 건강과 아름다움을 위해서는 햇빛에 유연한 대처가 꼭 필요한 것 같아요. 무작정 햇볕을 피하는 것보다는 선블록 제품을 잘 활용해 피부 손상을 꼭 최소화해 주는 식으로 말입니다.

"단단한 칼은 부러지기 쉽다."라고 합니다. 무엇이든 지나치면 부족한 것만 못한 부작용이 생기는 것 같아요. 하지만 예외도 확실히 존재합니다. 바로 자신을 더 젊고 건강하고 아름답게 가꾸려는 여자의 마음이라고 생각합니다.

여자는 태어나서 죽는 순간까지 꼭 아름다워야 합니다. 자연이 준 여자의 권리이자 특권을 행복하게 누리고 기쁘게 보호하자고 말하고 싶네요. 코로나19 때문에 어려운 시기이기도 하지만, 또 꽃 피는 봄이 옵니다. 울적한 시기이지만 모두가 긍정의 마음으로 협심해서 잘 이겨냈으면 좋겠습니다.

28. '피부 방패' 선크림 선택 가이드, '유기자차'와 '무기자차'

"완벽한 홈케어의 시작과 끝은 간단하다.
매일 밤 피부에 충분한 영양과 휴식을 주고
매일 아침 거울 속 자신을 향해 웃어주면 된다.
여자의 자기관리는 남에게 보여 주기 위한 것이 아니라
자신을 위한 투자이자 즐거운 놀이가 되어야 한다."

'양쥐언니' 양지혜의 생활 속 여백은 '뷰티'로 꽉 채워집니다. 아침에 눈을 뜨자마자 꼭 거울 속에 비친 저 자신과 인사를 합니다. 환하게 웃으며 저의 피부 컨디션을 확인합니다. 홈케어를 시작하고부터 생긴 습관이에요. 조금 '유치찬란'하지만 '밤새 얼마나 피부가 좋아졌나?' 하는 기대감과 설렘으로 하루를 시작합니다.

화장품과 저의 인연은 유치원도 다니기 전부터 시작됐던 것 같습니다. 어릴 때 엄마는 저에게 꼭 로션과 선크림을 꼼꼼히 발라 주셨어요. "여자는 피부가 고와야지."라고 말씀하시던 모습이 아직도 생생하네요. 그리고 지금은 친정엄마의 손길을 떠올리며 두 아이의 피부 건강을 챙기는 엄마가 되었네요.

요즘은 아이들도 스킨, 로션과 선크림은 꼭 발라야 한다고 하잖아요. 특히 자외선을 차단해 주는 선크림은 2세 이후부터는 꼬박꼬박 발라 줘야 한다고 할 정도로 폭넓은 연령대가 사용하는 기능성 화장품입니다.

저희 집은 기초 제품과 클렌저, 선크림을 저와 아이들이 함께 사용해요. 피부에 자극이 없는 순한 성분이라 정말 안심하고 쓸 수 있어요. 사실 주부들은 아이들 제품을 고를 때 더 까다로운 소비자가 되잖아요.

선크림 같은 경우 표기된 명칭만 봐서는 좋은 성분으로 만든 안전한 제품인지, 효과는 괜찮은지 잘 모르겠더라고요. SPF, PA, 유기자차와 무기자차 등 너무 어려운 말이 많아요. 저 같은 주부들은 제품에 표기된 내용만 보고는 정확히 어떤 제품인지 쉽게 와닿질 않습니다.

SPF 지수와 PA 지수는 많이 들어 보셨을 거예요. SPF(Sun Protection Factor)는 '자외선 차단 지속 시간'이라고 알려졌지만, 잘못된 상식이라고 해요. 사실 SPF란 '자외선에 노출된 피부에 홍반이 발생하는 시간'을 의미한다고 해요. 즉 '차단 지속 시간'이 아니라 '차단하는 양'으로 보는 편이 바람직해요.

또한 '+' 기호로 차단력을 표기하는 PA(Protection grade of UVA)는 피부 노화를 일으키는 자외선 차단력을 나타냅니다. 일반적으로 + 기호 한 개가 증가할 때마다 자외선 차단 효과가 2~4배 정도 증가합니다.

여기서 끝이 아닙니다. 선크림은 차단 성분에 따라 '유기자차'와 '무기자차'로 나누어 볼 수 있어요. 유기자차란 화학적으로 합성한 유기 화합물을 이용해 만든 자외선 차단제를 말합니다. 그동안 일반적으로 사용해 온 대부분의 선크림이 여기에 속해요. 유기자차 선크림은 자외선을 흡수한 다음 열을 변환하고 소멸시키는 방식으로 작용합니다.

반면 요즘 새롭게 등장한 무기자차는 물리적 자외선 차단제입니다. 화학 성분이 적어 비교적 피부에 순한 선블록 제품을 말해요. 이는 광물에서 추출한 무기물질이 피부에 방어막을 씌워 빛을 튕겨내고 차단하는 방식입니다. 피부 표면에서부터 자외선을 차단합니다.

저와 아이들이 쓰는 아로셀의 톤업 선크림은 민감성 피부에 잘 맞는 '무기자차 성분' 선크림입니다. 화학 성분이 적은 무기차단 성분 100%로 순하고 자외선은 물론 적외선까지 차단하는 강력한 선케어 아이템이에요.

야외에서는 물론이고 거실이나 주방에서 발생하는 생활 속 열 손상까지도 막아 줍니다. 형광등 아래에서도 피부가 그을린다는 얘기는 들어 보셨지요? 이런 위협 요소를 완벽히 차단할 수 있다는 생각에 저는 집 안에서도 수시로 발라 줍니다.

연한 핑크컬러 선크림은 부드럽게 발리고 가볍게 흡수됩니다. 실크 파우더 시스템을 접목해 번들거림 없이 환하고 보송보송한 피부를 연출할 수 있어요. 그뿐만 아니라 제품에 함유된 자연 유래 성분이 피부 진정과 보습까지 챙겨 주니까 종일 촉촉함을 유지할 수 있어요.

"남을 변화시키는 힘은 강함에서 비롯합니다.
하지만 자기 자신을 변화시키는 힘은 위대함입니다."

저의 지난날을 되돌아보면 맨얼굴에 자신감이 떨어지던 순간부터 노화를 체감했던 것 같아요. 한동안은 두꺼운 화장으로 가리기 바빴고 화장으로 예민해진 피부로 고생하는 날도 많았습니다. 이런 악순환의 고리를 끊어내고자 시작한 것이 '홈케어'였습니다.

피부 본연의 건강을 되찾고자 뒤늦게 시작한 홈케어로 저는 요즘 새롭게 뷰티 일기장을 씁니다. 그 일기장의 회고한 목표는 피부의 '젊음'과 '회복'입니다. 매일 피부에 대한 '설렘'도 녹아 있습니다. 40대 주부의 일상에 작은 행복이 있다면 이 '홈케어 일기장'을 채우고 확인하고 숙제를 하는 일이라고 말하고 싶네요.

"여자의 뷰티 인생에 늦은 때라곤 없다!
조금 느려도 꾸준히 노력하면 반드시 예뻐진다!"

오늘은 또 어떤 이야기로 뷰티 일기를 쓸지 행복한 나만의 고민에 빠진 양쥐언니였습니다.

29. 밤에 피어나는
'순백의 美'

친정집은 언제나 그리움으로 남아있습니다. 가깝고도 먼 곳이 친정인 것 같아요. 힘들고 지친 날은 어김없이 친정 생각이 납니다. 다정한 아버지와 엄격한 어머니 사이에서 자란 유년 시절이 진한 향기로 남아 자주 제 곁을 맴돕니다.

저는 늦둥이로 태어나 양쪽 부모님의 남다른 애정 속에서 자랐습니다. 아버지는 항상 저를 데리고 다니면서 더 넓은 세상을 보여 주고 싶어 하셨어요. 인생에 교훈이 될 좋은 말씀을 옛날이야기처럼 자주 해 주셨고 제가 소중한 사람이라는 사실을 깨닫게 해 주셨습니다.

친정의 온기는 엄마의 손길에도 담겨 있습니다. 친정엄마는 자식을 위해서는 하나부터 열까지 일일이 챙겨 주셔야 직성이 풀리는 '극성 엄마'였습니다. 제가 40대가 된 지금까지도 제게 "화장품은 잘 바르고 다니나?", "여자는 잘 가꿔야 한다."라고 말씀하시는데, 이젠 그 잔소리마저 정겹네요.

친정엄마를 보면 만감이 교차합니다. 피부 만큼은 항상 곱게 관리하셨던 엄마의 얼굴에 깊게 팬 주름과 거뭇한 세월의 흔적이 새겨진 것을 보면 죄송하고 미안한 마음이 듭니다. 저희 딸 혜원이 얼굴에 생긴 주근깨만 속상해할 줄만 알았지, 우리 엄마가 늙어가는 설움은 신경 써 주지 못했던 것은 아닐까 싶어서 죄송스럽기도 해요.

세월 앞에 나타나는 피부의 변화는 단순히 주름이나 탄력 저하만은 아닙니다. 하루가 다르게 칙칙해지는 피부 톤과 거뭇거뭇하게 올라오는 기미, 주근깨 역시 여자의 젊음을 방해하는 피부 고민이에요. 특히 기미나 주근깨는 시간이 갈수록 깊어지고 넓어져 확실한 예방과 지속적인 관리가 필요합니다.

'산소 같은 여자' 이영애 씨의 희고 고운 피부가 많은 여성의 로망인 이유도 맑고 투명한 피부가 주는 깨끗하고 산뜻한 이미지 때문이잖아요. 그래서 저도 지속적인 미백 관리를 합니다. 타고나게 하얀 피부는 아니지만, 전체적으로 고른 피부 톤을 연출하는 것만으로도 한층 화사해진 느낌을 받을 수 있거든요.

백옥처럼 맑고 환한 피부를 위한 저의 선택은 '아로셀 비타파워 스틱'입니다. 기미, 주근깨, 색소 침착 완화에 특화된 효과가 있는 국내 최초의 고기능 비타민 스틱이라고 해요. 임상을 통해 색소 침착 및 피부 톤 개선 효과를 입증한 '명품 미백 화장품'이라고 할 수 있죠.

아로셀 비타파워 스틱은 자체 개발한 제조 공법으로 안정화한 퓨어 비타민 C를 20% 함유하고 있습니다. 영국산 퓨어 비타민 C는 입자가 커서 흡수력이 떨어지는 비타민 유도체가 아닌, 흡수율이 뛰어난 미세입자로 만들어져 뛰어난 피부 미백 효과를 안겨 줍니다.

30. 77년생 꽃줌마의 메이크업 철학,
"결점은 가리고 표현은 가볍게!"

언젠가부터 '내추럴'을 사랑하게 됐습니다. 수수하지만 절대 밉지 않고 평범하지만 왠지 모를 '특별한 분위기'가 느껴지는 것이 내추럴함의 매력이 아닐까 싶습니다.

패션·뷰티 업계에서 꾸준히 사랑받는 트렌드인 '내추럴 무드'는 편안하고 자연스러운 분위기를 말합니다. 과도함을 절제하고 평범함 속에서 돋보이는 은근한 멋스러움이 돋보이는 패션 스타일과 메이크업 트렌드가 매년 소개되고 있죠.

주로 집과 사무실을 오가며 생활하는 주부에게도 '내추럴 무드'는 무척 매력적입니다. 언제, 어디서나 무난하게 잘 어울리는 내추럴 무드 특유의 친화력은 24시간 내내 바쁘게 뛰어다니는 아줌마의 라이프 스타일과 궁합이 잘 맞습니다.

특히 메이크업의 시작이 되는 기초화장은 최대한 자연스럽게 표현하려고 노력합니다. 요즘은 피부 자체의 건강미를 돋보이게 하는 가볍고 자연스러운 화장을 더 선호하는 것 같아요. 피부의 결점과 단점을 숨기고 가리는 대신, 피부의 근본적인 문제를 해결해 본연의 젊음과 아름다움을 드러내는 거죠.

저 역시 평소에는 홈케어로 피부를 관리하며 자외선 차단과 톤업에 신경을 쓰는 편입니다. 가끔 화장할 때는 파데 쿠션으로 피부 톤을 균일하게 연출하는 정도에서 베이스 메이크업을 마무리합니다.

모임이나 업무 미팅 등 일상 속 메이크업은 얇고 가볍게 바르고 자연스럽게 유지되는 것이 중요한 것 같아요. 센 조명을 받는 사진 촬영이나 무대 화장이 아닌 이상 두껍고 과도한 화장은 세 보일 수 있고, 조금만 시간이 지나도 뜨고 무너져 오히려 지저분한 인상을 줄 수 있습니다.

"과도한 선명함보다
가벼운 자연스러움이 아름답습니다"

외출을 위한 저의 메이크업 순서는 무척 간단합니다. 세안하고 기초 관리 제품으로 기초 관리를 먼저 합니다. 그다음 토너 패드로 피부결을 정돈하고 타임 앰플과 수분크림을 발라 줘요. 이렇게 피부에 수분과 영양을 채워 보호막을 만든 다음 메이크업을 시작합니다.

기초 메이크업 첫 단계는 톤업 기능을 겸한 선크림을 바르는 데서 시작합니다. 자외선과 적외선을 한꺼번에 차단해 빛 손상과 열 노화를 예방하는 효과와 함께 톤업 효과도 얻을 수 있어요. 메이크업 베이스를 바른 것보다 훨씬 자연스럽게 환해진 피부 연출이 가능하니까, 동네 마트나 공원은 이 정도만 바르고 나가기도 합니다.

톤업 선크림으로도 부족하다고 느껴질 때는 '아로셀 퍼펙트 글로우 쿠션'으로 조금 더 확실한 피부 표현을 합니다. 색조 메이크업의 밑바탕이 될 피부 베이스를 다지는 과정인 만큼, 피부의 결점은 보완하고 자연스러운 피부 느낌은 최대한 유지해 주는 것이 중요하잖아요.

퍼펙트 글로부 쿠션은 커버력과 밀착력을 동시에 갖춘 기초 메이크업 화장품이라고 말씀 드리고 싶네요. 저는 피부 톤이 좀 어두운 편이라 자연스러운 느낌을 원할 때는 23호 내추럴 베이지 컬러를 사용합니다.

얼굴을 하얗게 만드는 것보다 전체적인 피부 톤을 균일하고 고르게 만들어 준다는 생각으로 쿠션을 톡톡 두드려 발라 줘요. 자외선과 적외선까지 차단하는 주름 개선, 미백 효과가 있는 3중 기능을 갖춰서 안심이 됩니다.

적외선 열 차단 기술이 피부 온도 상승을 막아주기 때문에 피지 분비는 줄어들고 피부 속 수분은 오래 유지할 수 있어요. 그 때문에 장시간 무너짐 없이 촉촉하고 화사한 피부 표현이 가능하죠.

사용감은 가볍고 촉촉합니다. 퍼프에 내용물을 조금 묻혀서 얼굴 전체에 펴 바르듯 톡톡 두드려 주면 뭉침 없이 가볍게 밀착되는 것을 확인할 수 있어요. 제조사인 코스맥스의 특허 기술로 제작된 마이크로 사이즈의 미세 입자 쿠션인 만큼, 밀리지 않고 자연스러운 베이스 메이크업을 완성해 줍니다.

흔히 베이스 메이크업이라고 하면 '기초 케어→메이크업 베이스→파운데이션→파우더'의 4단계 관리를 먼저 떠올리기 쉽죠. 하지만 저의 일상 메이크업은 '기초 케어→톤업 선크림→파데 쿠션'의 3단계로 마무리됩니다. 절차는 간소해졌지만, 표현력이나 지속력은 결코 부족함이 없어요. 오히려 외부 자극으로부터 피부를 보호할 수 있으니 만족감은 더 크다고 말할 수 있겠네요.

언제부턴가 "지나침은 부족함만 못하다."라는 말이 미덕이 된 것 같습니다. 메이크업도 더 단순하게 바르고 확실한 효과를 얻을 수 있기를 바라게 됩니다. 단점은 가려주고 피부결은 자연스럽게 표현해 주는 베이스 메이크업 스킬은 어렵지 않아요. 하지만 '내추럴'을 사랑하는 여자들에게 꼭 필요한 노하우가 아닐까 싶습니다.

"진정한 미인은 탐욕스럽게 기초를 다지고
최소한으로 우아함을 표현할 줄 안다"

저의 메이크업 철학은 '성실한 기초 스킨케어'와 '자연스러운 베이스 메이크업'이라고 말씀드리고 싶습니다. 지금부터 한 듯 안 한 듯 자연스럽게 빛나는 피부 자신감에 한번 도전해 보는 것은 어떨까요?

31. 젊음의 화룡점정,
풍성하고 빛나는 '머릿결'

"불행한 여자는 거울을 보지 않는다.
나부터 나를 사랑할 때 변화가 시작된다."

힘든 순간은 언제든 찾아옵니다. 막연한 미래가 불안한 날도 있고 요즘처럼 뜻하지 않은 시련에 모두가 어려운 시기도 있어요. 힘들 때 가장 의지가 되는 존재는 아무래도 '가족'인 것 같아요. 특히 아이들은 존재 자체만으로도 정말 큰 힘이 됩니다.

여자의 인생에서 임신과 출산, 육아가 결코 쉬운 일은 아니죠. 여자의 몸은 출산 전후로 180도 달라집니다. 임신 기간 동안 급격한 체중 증가로 몸매가 망가지는가 하면, 임신 전후로 우울증을 겪는 경우도 많아요.

또한 피부도 푸석푸석해지고 기미, 주근깨가 올라와 속을 썩이죠. 특히 눈에 띄게 줄어들기 시작하는 머리숱과 부스스한 머릿결은 출산 후 가장 흔하게 나타나는 신체 변화라고 할 수 있어요.

출산 후 탈모는 여성 호르몬 분비의 감소, 무리한 다이어트에 의한 영양 결핍, 스트레스 등이 원인인 것으로 알려져 있어요. 이를 예방하려면 임신 전후로 충분한 수면과 영양 섭취, 적정 체중 유지가 도움이 된다고 해요.

'흰머리'가 노화의 상징인 것처럼, '건강하고 풍성한 머리카락'은 젊음의 상징처럼 여겨집니다. 저도 긴 생머리를 유지하려고 애쓰는 만큼 모발 상태에 신경을 많이 쓰는 편이에요.

끝이 갈라지고 영양기 없이 푸석푸석한 머리는 지저분한 인상을 줘요. 또 힘없이 축 처진 머리나 숱이 적어 하얀 두피가 드러나는 경우 외모 콤플렉스로 스트레스를 받기도 합니다.

새치나 흰머리는 염색으로 커버할 수 있지만, 얇고 힘없는 머리카락, 숱이 적은 모발은 쉽게 감춰지지도 않죠. 그 때문인지 두피와 모발의 근본적인 문제를 개선해 주는 기능성 헤어 제품들이 큰 사랑을 받고 있습니다.

제가 사용하는 아로셀의 3.H 볼륨 부스팅 샴푸도 그중 하나예요. 손상된 두피를 건강하게 회복시켜 주는 성분이라 한 움큼씩 빠지는 모발은 단단히 잡아 주는 효과가 있어요. 또 얇고 가느다란 모발에 영양을 부여해 볼륨감 있는 헤어스타일을 연출해 줍니다.

부스팅 샴푸는 검은콩, 검은 쌀 등 두피 건강에 도움을 주는 '블랙 푸드'를 주원료로 20여 가지 식물 성분을 함유하고 있습니다. 블랙 푸드에 다량 함유된 안토시아닌 성분은 탈모 예

방 및 완화에 효과적인 성분으로 잘 알려져 있죠. 또한 계면활성제까지 자연 유래 성분이라 아이부터 어른까지 안심하고 쓸 수 있습니다.

머리를 감는 것만으로도 볼륨이 생기니까 드라이나 고데기로 스타일링하는 횟수가 줄어드는 것 같아요. 사실 제 나이 즈음 되면 머리숱도 예전 같지 않아서 외출할 때 드라이는 필수거든요. 그런데 머리를 감는 것만으로도 풍성한 느낌이 생기니까 외모에 자신감도 생기는 것 같아요.

샴푸만으로 아쉬운 부분은 아로셀 3.H 헤어 리커버링 에센스로 채워줍니다. 촉촉한 보습 및 영양 성분이 열에 의한 모발 손상을 최소화해 줌은 물론이고 찰랑찰랑 윤기 나는 머릿결을 연출해 줘요.

"99도의 물은 끓지 않는다.
마지막 1도가 더해졌을 때 끓는다.
여자의 미모를 완성하는 최후의 1도씨는 풍성한 민머리다."

한 살, 한 살 나이를 먹어 갈 때마다 외모에 대한 미적 기준도 조금씩 변하는 것 같아요. 모든 것이 젊고 건강했던 시절에는 '이목구비가 또렷하면 좋겠다'라고 생각했습니다. 그런데 나이가 들수록 몸매와 피부까지 관리하게 되고 이젠 헤어스타일까지 풍성하길 소망합니다.

결국 여자의 아름다움을 한마디로 요약하면 '조화로움'이라고 설명해야 할 것 같아요. 매끈한 피부, 탄탄한 몸매 그리고 풍성한 머릿결까지 갖춰졌을 때 우리는 비로소 '젊음'과 '아름다움'을 느낍니다.

과욕은 화를 부른다고 해요. 하지만 자신을 위해 시간을 쪼개 쓰는 주부의 홈케어는 과도함이 없습니다. 더 자주 챙기고 더 많이 사랑해 주세요. 드라마틱한 인생의 변화는 나 자신을 사랑하는 것부터 시작됩니다.

32. 뒷모습까지 아름다운 女子,
"삼단 같은 머릿결을 아시나요?"

> *"나태한 생각이 나를 망친다.*
> *철저한 자기관리에 게으름은 독이다.*
> *변화는 계속 꿈꾸고 성실히 움직일 때 시작한다"*

'여자의 시간'을 되찾고자 홈케어를 시작했습니다. 해가 바뀌고 조금씩 젊음을 회복하는 피부를 보며 자신감도 조금 붙기 시작한 것 같아요. 거창하게 '뷰티'라는 말로 소통하지만, 사실 저의 홈케어는 '생활'에 가깝습니다. 바쁜 일상을 사는 아줌마에게는 일상적으로 썻고 먹고 바르는 모든 것이 '관리'이자 '투자'거든요.

피부 관리를 하다 보니 자연스럽게 헤어 제품까지 관심을 갖게 됐습니다. 사실 머리숱만 큼은 남부럽지 않은 제가 두피와 모발 건강까지 신경 쓰는 날이 올 줄은 몰랐어요. 하지만 출산과 다이어트 앞에서는 타고난 머릿결도 영원하지 않더라고요.

결혼 전에는 숱이 많아서 고민이었던 머리카락이 두 아이를 낳고 나서는 눈에 띄게 줄었습니다. 하지만 일상생활에 영향을 줄 만큼 심각한 수준은 아니라서 크게 신경 쓰지 않았어요. 빈약한 모발이 아쉽기 시작했던 것은 30대 후반부터예요. 살을 좀 빼려고 무리해서 다이어트를 감행한 영향인지 머리숱도 많이 줄고 모발이 푸석푸석해지기 시작했습니다.

여자들이 경험하는 탈모는 오랜 세월에 걸쳐서 서서히 머리숱이 줄어드는 방식으로 나타나잖아요. 급격히 대머리로 진행되는 남자분들과 달리 천천히 조금씩 변화가 진행되기 때문에 심각성을 빨리 알아채기가 힘들어요. 저 역시 40대가 되어서야 아쉬움을 느꼈어요. '세월은 피할 수 없나 보다' 하는 서글픔과 함께 '건강할 때 잘 관리했으면 좋았을 텐데' 하는 후회가 들었습니다.

그리고 지금은 '아로셀 3.H 볼륨 부스팅 샴푸'와 에센스로 홈케어를 합니다. 고작해야 샴푸로 머리를 감고 스타일링할 때 에센스를 조금 덜어서 발라 주는 간단한 일이지만, 효과는 만족스러운 편이에요.

열과 자외선 등 외부 자극에 쉽게 갈라지고 부스스했던 모발에 윤기와 탄력이 생기기 시작했어요. 머리를 감는 것만으로도 머리에 볼륨이 생기니까 가벼운 외출 시에는 따로 세팅이나 드라이를 하지 않고 지내요.

만일 고데기나 드라이를 할 때는 '3.H 헤어 리커버링 에센스'를 조금 덜어서 머리끝부터 발

라 줍니다. 보습력과 세팅력이 우수한 제품이라 자연스럽
게 촉촉한 컬을 연출할 수 있어요. 보습은 물론 영양까지
채워 주니까 종일 찰랑찰랑 윤기 나는 헤어스타일이 유지
됩니다.

"온화한 미소는 내면의 아름다움을 드러내고
풍성한 머리는 시들지 않은 젊음을 대신한다."

예로부터 미인을 묘사할 때는 꼭 '삼단 같은 머릿결'이라
는 표현이 등장하죠. 실제로 탐스러운 머리카락은 동서고
금을 막론하고 '여자의 매력'을 결정짓는 중요한 요소로 인
식되고 있습니다. 우리 조상들은 쪽머리 위에 가짜 머리
인 '가채'를 얹어서 자신의 젊음과 아름다움을 강조했죠.
또한 중세 유럽의 귀족들은 가발을 써서 빈약한 모발을
탐스럽고 멋지게 표현했습니다.

지금도 마찬가지예요. 헤어스타일 하나로 이미지가 180
도 달라지는 경험은 누구나 한 번쯤은 겪었을 겁니다. 여
자의 미모를 결정짓는 시작이 '피부'라면 모두의 젊음을
결정하는 마지막은 '풍성한 모발'이라고 해도 과언이 아닌
것 같아요.

하나의 스타일을 완성하는 데 옷과 메이크업, 헤어가
필수적인 것처럼, 여자를 젊고 아름답게 가꾸는 데에는
다양한 요소들이 필요합니다. 결국 젊음이란 나의 모든
것이 조화를 이루는 데서 비롯되는 내면의 '자신감'이 아
닐까 싶네요.

"인생은 단순하게! 관리는 세심하게!" 오늘도 10년 더 젊
게 살고 싶은 '꽃줌마' 양지혜였습니다.

33. 사진발 잘 받는 작은 얼굴 연출 팁,
"머리의 볼륨을 살려라!"

"간절히 원하고 노력하면 '방법'이 보이고
결과만 바라면 '핑계'가 보인다.
나태한 '미인'은 없고
하루아침에 얻어진 '미모'도 없다."

양쥐언니의 키는 몇 센티미터일까요? SNS에 사진과 영상을 통해서 제 일상을 공유하다 보니 새삼 비율의 중요성을 실감하게 됩니다.

사진을 찍다 보면 몸의 비율에 따라 실제보다 키가 커 보이기도 하고 더 뚱뚱해 보이기도 해요. 특히 얼굴 사진이 잘 나오려면 얼굴이 작고 갸름한 것이 유리해요.

연예인처럼 작고 갸름한 얼굴은 헤어스타일에 변화를 주는 것만으로도 충분히 연출할 수 있습니다. 헤어스타일에 볼륨이 생기면 상대적으로 얼굴이 작고 오밀조밀해 보이는 효과가 있거든요.

우선 모발에 탄력이 생기려면 '모근'이 튼튼해야 합니다. 흔히 "뿌리에 힘이 없어서 볼륨이 안 생긴다."라고 말씀하시는데요. 이 모발의 뿌리 역할을 하는 부분이 '모근'이에요.

모발의 성장과 지지를 돕는 모근은 두피의 건강 상태와 직결되어 있어요. 두피의 관리 상태가 좋지 못해서 모공을 막고 모근으로 가는 영양 전달을 막으면 당연히 모발의 건강도 악화됩니다. 그 때문에 두피에 자극을 주는 행동은 자제하는 것이 좋아요.

일단 올바른 머리 감기로 청결한 두피 상태를 유지해 주고 손이나 브러시로 수시로 두피 마사지를 해 주면 혈액 순환이 촉진되면서 모발이 건강해진다고 해요. 모발 성장 및 두피 항산화에 도움을 주는 안토시아닌 성분이 풍부한 '블랙 푸드'를 먹는 것도 도움이 됩니다.

또한 여자분들의 경우 머리를 너무 꽉 당겨서 묶거나 장시간 모자를 쓰고 다니는 행동은 가급적 삼가는 것을 추천합니다. 무리한 다이어트 역시 마찬가지예요. 이런 습관은 두피와 모공을 자극해 모발 건강을 해칠 수 있어요.

저는 두피와 모발 건강을 위해서 가급적 파마와 염색을 자제하는 편이에요. 이제는 40대 아줌마지만 '청순미'의 대명사인 긴 생머리는 포기하고 싶지 않아요. 그래서 집에서도 아로셀 부스팅 샴푸로 홈케어를 해가며 풍성하고 윤기가 흐르는 머릿결을 유지하려고 노력합니다.

남녀노소를 불문하고 숱이 적고 얇고 가느다란 모발로 고민하는 분들이 많아요. 탈모가 매년 증가하고 있다는 점은 이미 많은 분이 알고 계실 거예요. 여자들에게 나타나는 탈모는 남성 탈모처럼 대머리로 이어지지는 않지만, 외적 콤플렉스가 될 수 있습니다.

펌을 하거나 드라이로 모발 뿌리의 볼륨을 살려주면 얼굴이 살아나잖아요. 하지만 일시적인 효과에서 그치는 경우가 많고 지속적인 영양 관리를 해 주지 않으면 모발 손상이 심해져서 오히려 더 스트레스를 받죠.

모든 관리가 그렇지만 헤어스타일도 모발의 근본적인 상태를 건강하게 되돌려 놓는 것이 중요한 것 같습니다. 일단 저는 올바른 머리 감기와 성능 좋은 샴푸를 사용할 것을 추천해 드립니다. 사실 전문 관리 숍에서 꾸준히 관리하면 머릿결은 눈에 띄게 좋아질 수 있어요. 하지만 살림하고 일하는 주부에게 이런 관리는 가격 면에서도 부담이 크고 시간상 꾸준히 케어를 받기가 힘들잖아요.

아로셀 3.H 볼륨 부스팅 샴푸로 머리를 감으면 처지고 부스스한 모발에 탱글탱글한 탄력이 생깁니다. 모발 하나하나에 힘이 생기니까 이전보다 머리숱이 풍성해진 기분을 느낄 수 있더라고요. 특허 성분인 피토케미컬이 두피의 노화를 예방해 주니까 탈모 관리도 동반할 수 있고 98% 천연 유래 성분을 사용해 온 가족이 함께 사용할 수 있는 가성비 좋은 아이템이에요.

> *"꿈꾸는 삶을 이룬 것처럼 행동하고 노력하세요.
> 나도 모르는 사이에 꿈이 현실이 되어 있을 겁니다."*

저는 평범한 주부로 살고 있지만 '엄마'이기 이전에 '나' 자신을 먼저 사랑할 줄 알아야 한다고 생각해요. 좋은 엄마로서 열심히 살고 있지만 그만큼 내 생활에도 충실해야 '멋진 인생'이 아닐까 합니다.

매일 삶이라는 현실을 마주하며 가정을 책임지는 주부의 행복만큼 나 자신을 잃지 않고 계속해서 꿈꾸고 변화하는 기쁨도 필요해요. 인생은 길고 여자의 시간은 결코 노력 없이 지켜지지 않으니까요.

저 역시 하루의 대부분을 일과 살림에 할애하며 살지만, 영원한 젊음을 소망하는 철없는 아줌마 '양쥐언니'를 포기하지 않습니다. 늦은 때는 없습니다. 이루고 싶은 무언가가 있다면 지금 당장 시작하세요. 지금이 가장 빠를 때입니다.

34. 여자의 비밀스러운 고민,
상쾌한 일상 관리법으로 '예민한 날도 안심!'

> *"표정 없는 미소는 금방 잊히지만,*
> *온화한 미소는 그윽한 향기처럼 오래 기억된다."*

저는 가끔 오래된 사진첩을 들춰 봅니다. 활짝 웃고 있는 제 모습을 보면 저도 모르게 덩달아 미소를 짓게 됩니다. 그때의 웃음기를 머금은 얼굴을 보고 있자면 왠지 모르게 마음이 편안해지면서 행복한 기분이 됩니다. 그래서 웃음을 나눠주는 사람들을 '해피 바이러스'라고 부르나 봅니다.

기분이 좋을 때 절로 지어지는 자연스러운 미소는 어떤 표정보다 예쁘고 사랑스럽습니다. 힘들 때 짓는 미소는 수십 마디의 말보다 제게 더 큰 위로가 됩니다. 그렇기 때문일까요? 항상 잔잔한 미소가 머물러 있는 얼굴을 보면 따뜻한 온기와 그윽한 향기가 느껴지는 것 같아요.

늘 좋은 얼굴로 모두에게 좋은 사람이 되고 싶은 마음은 누구나 같은 마음이지 않을까 싶습니다.

하지만 말도 많고 탈도 많은 우리네 현실의 삶은 좀처럼 웃을 일을 우리에게 만들어 주질 않네요.

성공과 행복은 노력 없이 얻어지지 않습니다.

따뜻한 표정과 온화한 마음가짐도 자주 생각하고 실천해야 익숙해진다고 양쥐는 생각해요.

각박한 세상에서 살고 있지만, 웃음까지는 절대 인색해지지 말자고 이야기하고 싶은 날입니다.

여자로 살다 보면 뜻하지 않게 감정 기복이 심해지는 날들이 수시로 찾아오는 것 같아요. 마음과 달리 작은 일에도 짜증이 나고 화를 내게 되는 '예민한 날'이 있죠. 임신, 출산, 생리, 폐경 등이 대표적인 심경 변화의 원인이 됩니다. 호르몬의 변화와 함께 찾아오는 몸의 변화와 심적 스트레스는 여자로 태어났기에 감당해내야 하는 고통이라 할 수 있죠.

이 밖에도 여자의 몸이 가진 고충도 많은 것 같아요. 그중에서도 'Y존'에 발생하는 문제점은 말 못 할 고민이 되기도 합니다. Y존 주변은 피부가 연하고 땀과 분비물이 많은 민감한 신체 부위예요. 그 때문에 조금만 방심해도 가려움증이나 따끔거림, 악취가 발생해 컨디션까지도 안 좋아집니다.

이런 증상들은 여자들이 평생에 걸쳐서 너무 빈번하게 겪는 일인 만큼 관리가 필수적이에요.

평소 통풍이 잘되는 편한 옷을 입고, Y존의 위생 관리에 유의해서 신경 쓰는 것만이 유일한 예방법이라 할 수 있어요. 특히 저처럼 딸을 키우는 엄마들은 저 자신은 물론이고 아이에게도 꼭 알려줘야 할 '여자의 에티켓'이자 필수 '건강 관리법'이라 할 수 있습니다.

이런 여자의 비밀스러운 고민을 해결하기 위한 저의 시크릿 선택은 '아잔나' 여성청결제입니다. 진달래꽃 추출물과 5가지 한방 식물 성분을 원료로 한 여성청결제인데요. 피부 자극 없이 Y존의 문제점을 해결해 주어 믿고 사용하는 '시크릿 뷰티 아이템'입니다.

아잔나는 20년간 제약 회사에서 근무했던 남편이 질염으로 고생하는 사랑하는 아내를 위해 산부인과 전문의와 함께 오랫동안 임상 연구 개발한 여성청결제라고 해요. 인체와 유사한 4.2pH를 맞춘 비타민 C와 젖산이 질염을 예방해 주고, 질 수축에 유용한 질경이 추출물, 미백 효과를 내는 나이아신아마이드를 함유하고 있다고 합니다.

버블 타입의 아잔나 여성청결제는 상쾌한 멘톨 향이 불쾌한 냄새를 지워 주고 피부를 진정시켜 종일토록 여자의 산뜻한 기분을 유지시켜 줍니다. 또한 인공 색소와 계면활성제, 광물성 오일 등 6가지 유해 성분을 첨가하지 않은 제품이라 민감한 부위에도 안심하고 사용할 수 있어요.

저자극성 약산성 클렌저라 매일 사용해도 피부에 부담을 주지 않아요. 2~3번 펌프질해 버블을 손에 덜어낸 다음 주요 부위를 부드럽게 씻어내 주면 상쾌하고 말끔한 상태를 유지할 수 있습니다. 생리 전후의 냄새 관리는 물론 운동 후 위생 관리, 외음부의 불쾌감을 완화해 주니까 종일 기분이 좋아요.

"딸은 엄마의 평생 친구 같은 존재이고,
엄마는 딸의 훌륭한 인생 선배다"

제 인생에서 가장 잘한 일을 꼽으라면 주저하지 않고 '혜원이와 민철이를 낳은 것'이라고

말합니다. 두 아이 모두 눈에 넣어도 안 아픈 자식이지만, 키우면서 갖게 되는 엄마의 책임 감은 조금 다른 것 같아요.

거칠고 활동적인 아들과 달리 딸은 조금 더 세심한 엄마의 손길과 관심이 필요하다고 할 까요?

더구나 몸에 변화가 시작되는 사춘기 이후부터는 '딸'이라기보다 같은 '여자'의 마음으로 아이를 대하게 됩니다.

아이가 감수성이 예민한 시기인 만큼 말 못 할 고민은 없는지 살피면서 많은 대화를 하려 고 노력하게 됐고요. 앞서 여자로 살아온 인생 선배의 입장에서 딸이 여자가 되는 데 필요 한 것들을 하나씩 챙겨 주고 가르쳐 주게 됩니다.

소중하게 관리해야 할 여자의 몸에 대해서는 정말 조심스럽지만, 잘 알려줘야 한다고 생 각합니다. 처음 시작은 조금 수줍고 어색할 수 있지만, 평생 여자로 살아갈 아이의 건강과 행복에 꼭 필요한 지식이 될 거예요. 여자의 비밀스러운 고민까지 함께 나누고 싶은 '모두의 언니' 양쥐언니였습니다.

35. "이너뷰티가 뜬다!"
꽃줌마 추천 뷰티 필수템 TOP 3

> "정원을 가꾸듯 나 자신을 돌보세요.
> 내면까지 아름다워야 여자의 젊음이 피어납니다"

저는 친구 같은 엄마로 살며 아름다운 여자의 인생을 설계하며 살아가고픈 44살의 여자 양지혜입니다. 부모의 의무와 책임감을 끌어안고 전전긍긍하며 살아가는 것이 현실의 인생인 듯합니다.

하지만 여자의 권리만큼은 절대 포기하고 싶지 않은 것이 중년 여자의 마음인 것 같아요. 그래서 더 부지런히 움직이며 바쁜 시간을 쪼개 가며 자기관리에 힘쓰는 세상의 모든 엄마를 보면 무척 공감이 갑니다.

전혀 별개의 세상 이야기 같은 '엄마의 삶'과 '여자의 삶' 사이에도 필수 공통점은 있습니다. 체력과 건강이 꼭 뒷받침되어야 지속해서 유지 가능하다는 점입니다. 기초체력과 건강 상태가 전제되지 않은 '삶'은 많이 모난 바퀴와 같아요.

아무리 애를 써도 절대 쉽게 굴러가지 못하는 바퀴처럼 노력에 비해 좋은 결과를 얻을 수가 없죠. 저는 눈에 보이지 않는 내면까지도 관리해야 삶도, 건강도, 아름다움도 원만하게 유지되고 흘러가는 것 같아요.

이런 모든 이유 때문이었을까요? 몇 년 전부터 헬스와 요가 등의 운동이 저 같은 아줌마들에게 큰 사랑을 받았습니다. 밸런스를 잡아주는 영양제가 크게 주목받기 시작한 것도 이 때쯤이었던 것 같습니다. 그뿐만 아니라 스킨케어나 다이어트에 효과적인 '이너뷰티' 제품들이 다수 출시되어 좋은 호응을 얻고 있었죠.

헬스와 뷰티에 관심이 너무 많아 중독 상태인 저는 건강식품이나 다이어트 보조제, 이너뷰티 제품은 항상 눈에 불을 켜고 보는 편입니다. 나이가 있는 만큼 비타민이나 미네랄, 무기질, 오메가3, 6, 9, 유산균 같은 건강보조식품은 틈틈이 챙겨 먹고 있고요. 운동을 즐기는 만큼 채소와 단백질 위주의 깔끔한 식단으로 건강하게 먹으려고 정말 노력합니다.

운동을 해 보신 분들은 아시겠지만, 몸매 관리를 할 때도 단백질 셰이크나 디톡스, 다이어트 보조제를 꼭 챙겨 먹잖아요. 피부도 '바르는 것'과 '먹는 것'을 잘 조합해 병행하면 더 큰 막대한 시너지 효과를 얻을 수 있다고 생각합니다.

우리 몸은 전체가 유기적으로 잘 연결되어 있기 때문이에요. 건강한 몸에서 에너지 넘치

는 젊음을 느낄 수 있듯이, 피부도 안팎으로 관리가 꼭 필요합니다. 건강한 몸과 젊고 탱탱한 피부를 위한 저의 선택은 곡물 발효 효소와 확실한 콜라겐입니다. 곡물 발효 효소로 몸속 환경을 쾌적하게 만든 다음 콜라겐을 섭취해 피부 노화 예방과 탄력 증진에 협업하게 하는 방식이죠.

"치장만 화려한 아름다움은
향기 없는 꽃과 같다.
진짜 아름다움은
내면에서부터 꼭 채워진다."

오직 화장품만으로 관리하는 홈케어의 부족한 2% 부분은 '먹어서' 안에서 채워야 한다는 생각에 수많은 이너뷰티 제품을 먹고 체험해 봤어요. 고진감래의 결과로 양쥐가 첫 번째로 선택한 이너뷰티 제품이 곡물 발효 효소였습니다. 아무래도 체내 독소 배출과 장내 환경 개선을 통해 신진대사 기능이 정상적으로 이뤄져야 관리의 효과가 더 배가 될 수 있으니까요.

곡물 발효 효소 '소곡소곡'은 특허 기술로 만들어진 효소입니다. 현미, 보리, 대두, 밀, 옥수수, 율무 등의 국내산 곡물 원료에 유산균을 접종해 특허받은 기술로 발효시킨 효소는 위장에서 소화를 도와 부패균의 번식을 막고, 장내 유익균의 번식을 활성화하고 촉진해 줍니다. 그 때문에 위장의 소화와 흡수 기능이 활발해져 불편한 속을 다스리는 데 아주 효과적입니다. 또한 장내 환경이 유익해지면서 자연스럽게 디톡스 효과까지도 누릴 수 있어요.

소곡소곡은 6가지 곡물 원료에 21가지 피토케미컬을 함유하고 있어서 향은 고소하고 맛은 달콤해요. 저는 꼭 아침저녁으로 물이나 간식에 섞어서 또는 식후에 섭취합니다. 손가락 하나 크기의 스틱에 담긴 과립형 제품이라 휴대하기도 편합니다. 저는 가방에 가지고 다니다가 물 없이 먹기도 해요.

'먹는 화장품' 콜라겐은 '500달톤 저분자 피쉬 콜라겐 C'를 애용하고 있습니다. 피부 탄력 개선에 도움을 주는 콜라겐과 피부 보습에 효과적인 히알루론산, NAG가 함유되어 있어 외부 자극으로부터 피부를 건강하게 가꿔 줍니다.

생선에서 추출한 피쉬 콜라겐이 육류 콜라겐보다 흡수율이 높다는 사실은 이미 잘 알려져 있죠. 500달톤의 저분자 피쉬 콜라겐 C는 1㎚의 아주 미세한 입자라서 빠른 흡수율을 자랑해요. 또한 상큼한 레몬과 세븐베리(7가지 베리류 과일)를 가미해서 비린내 없이 새콤달콤한 맛을 즐길 수 있어요.

분말 형태의 콜라겐 한 포에는 콜라겐 1,350㎎이 담겨 있습니다. 또한 식품의약품안전처 기준 비타민 C 일일 권장량인 100㎎의 165%를 함유하고 있어 하루 1포 섭취를 추천합니다.

국제 논문에 따르면 콜라겐은 일일 권장 섭취량이 2,500㎎ 정도로 그 이상 섭취하면 흡수되지 않고 체외로 배출된다고 해요. 아무리 좋은 성분도 몸에 흡수되지 않으면 무용지물일 것입니다. 콜라겐도 반드시 좋고 충분히 흡수가 잘되어서 피부가 반응하는 콜라겐으로 먹어야 합니다.

나이를 먹을수록 몸에 필요한 성분들이 자꾸 빠지고 부족해지는 것을 점점 더 느끼고 있어요. 건강을 생각해서 챙겨 먹어야 할 것들도 점점 늘어나고 있네요. 몸에 이상 신호가 늘어날수록, 영양제와 보조제에 대한 관심은 늘고 있습니다. 하지만 이 모든 것들을 잘 흡수시켜 줄 '밑바탕'을 만드는 일에는 의외로 무심한 분들이 많습니다.

좋은 씨앗도 땅이 비옥하지 못하면 절대 잘 자라지 못합니다. 우리 몸도 똑같아요. 아무리 좋은 영양제를 먹고 운동과 홈케어로 관리해도 몸이 제대로 기능하지 못하면 공든 탑이 되어버립니다. 더 늙지 않는 여자의 건강과 영원한 젊음을 위해, 더 아름다워질 여자의 피부를 위해서 '몸속부터 예뻐지는 연습'을 양쥐와 함께해 보는 것은 어떨까요?

36. 내 몸을 다스리는
'곡물 효소' 테라피

> *"속 좋은 여자의 하루가 속 편한 인생을 부른다.*
> *몸속이 편안해야 마음도, 건강도, 젊음도 지켜진다"*

건강하고 날씬한 몸매를 지키려고 매일 빠지지 않고 운동을 합니다. 다이어트를 결심하고 운동과 식단 관리를 꾸준히 시작한 지도 벌써 5년이 다 되어 갑니다. 개인 PT로 운동을 시작했지만, 이제는 집에서 혼자 하는 홈트레이닝을 더 좋아하는 '홈트 마니아'가 됐어요.

처음부터 무조건 마른 몸만을 간절히 원했던 것은 아니었습니다. 목표 체중을 정해 놓고 체중 감량을 했습니다. 지금은 체력과 근력을 키울 목적으로 '유지어터'의 길을 걷고 있네요. 다이어트는 감량보다 유지가 더 중요합니다.

저도 늘 일정한 체중을 유지하기 위해 운동 루틴을 짜고 식단을 조절합니다. 아침은 가볍게 식물성 단백질 셰이크를 먹고 점심은 사무실에 도시락을 싸 가지고 가서 먹습니다. 저녁은 먹고 싶은 음식을 마음껏 먹는 편인데요. 아무래도 밖에서 사 먹거나 인스턴트 음식으로 대신하기도 합니다. 특히 주말에는 배달 음식을 시켜 놓고 늘어지는 날이 더 많아요.

저는 워낙 먹는 것을 좋아해서 음식은 자유롭게 먹고 대신 운동을 열심히 하자는 주의예요. 운동할 때는 단백질 셰이크와 콜라겐을 챙겨 먹고 다이어트 보조제의 도움을 받기도 합니다. 그리고 아침저녁으로 무조건 곡물 발효 효소 '소곡소곡'을 섭취합니다.

효소는 모든 관리의 시작을 돕는 명약이라고 설명드리고 싶어요. 몸속 대사기능을 정상적으로 되돌려 몸의 밑바탕을 만들어 준다고 말씀드려야 할까요? 효소를 먹는 제 경험에 비추어 보자면 제대로 된 효소 하나가 여자의 삶의 질을 180도 바꿔준 것 같아요.

여자는 나이가 들수록 소화력도 떨어지고 쉽게 피로해지잖아요. 일단 체내 독소 배출이 원활하고 소화 흡수가 잘되니까 그런 부분이 눈에 띄게 좋아지고 있습니다. 종일 소화도 잘되고 속이 편안하니까 자연스럽게 생활에 활기도 생기더라고요.

소곡소곡은 강력한 위산의 위협에도 살아남는 '튼튼한 효소'입니다. 카이스트 출신 신용철 박사님의 특허받은 제조 공법으로 만들어져 위장에서도 안정적으로 활성 상태를 유지한다고 해요. 아무리 좋은 효소도 산성이 강한 위장에서 활동하지 못하면 아무 쓸모가 없잖아요.

현미, 보리, 대두, 밀, 옥수수, 율무 등 6가지 곡물로 만든 발효 효소는 소화에 확실히 탁

월한 역가수치를 자랑합니다. 타사 제품처럼 무조건 고함량이 아닌, 주요 영양소 소화에 딱 좋은 수치만큼의 효소 성분을 함유하고 있습니다.

하루 2포를 섭취하는 것만으로도 더부룩한 속을 편안하게 하고 몸의 대사 기능이 개선되는 효과를 느낄 수 있죠. 또한 프럭토올리고당과 치커리 뿌리가 함유되어 있어서 장내 유익균의 생존율을 높여 줍니다. 유해균의 활동을 억제해 여자들의 말 못 할 화장실 고민까지 해결해 주는 물건 중의 '물건'입니다. 오래 앉아서 공부하는 아이들이나 다이어트 중인 여자들에게는 희소식이 아닐까 싶네요.

소곡소곡을 고집하는 또 이유가 있습니다. 바로 몸에 부족하기 쉬운 영양소를 보충할 수 있기 때문이에요. 곡물 효소 한 포에는 몸에 좋은 21가지 과채 성분까지 더해져 있어 깨진 영양 밸런스를 맞출 수 있습니다. 평소 신경 써서 챙겨 먹기 힘든 과채 에너지까지 보충할 수 있으니 자꾸 손이 갑니다.

> *"깨끗한 술통에 담긴 술이 잘 숙성되듯이*
> *건강한 몸에 맑은 정신이 깃든다."*

누구나 몸과 마음의 젊음과 건강을 소원합니다. 한 살, 한 살 나이를 먹을수록 그 바람은 점점 더 강렬해집니다. 소중한 가족을 지키기 위해서, 남은 인생의 행복을 위해서입니다. 누구나 한 번은 본인 아니면 본인의 주변인이 건강을 잃어본 뼈아픈 경험이 있을 것입니다. 사정은 모두 달라도 결국은 '삶의 질'을 높이려는 노력이라고 생각합니다.

그래서 우리는 운동을 하고 영양 보충제를 먹고 살을 빼고 홈케어를 실천합니다. 잃어 가는 내면의 건강과 젊음을 외적인 관리로 채우는 셈이죠. 이너뷰티가 중요한 것도 몸에 부족한 영양소와 유효 성분을 직접 먹어서 보충할 수 있기 때문입니다.

우리는 살면서 수많은 건강식품과 영양제, 보조제를 먹습니다. 좋은 원료로 만든 효과 좋은 제품을 선택하는 것도 중요합니다. 하지만 유효 성분들이 몸에 잘 흡수되어서 작용할 수 있는 몸 상태를 만드는 것도 고민해 봐야 할 때입니다.

아무리 좋은 화장품을 발라도 피부에 흡수되지 않으면 소용없는 것이죠. 우리 몸도 기본 베이스가 탄탄하게 다져져 있을 때 '관리의 효과'도 얻을 수 있습니다. 장수의 비결이 '잘 먹고 잘 싸는 것(?)'이라는 어르신들의 말씀이 맞는 것 같습니다. 결국 '속이 좋아야 속 편한 인생도 살 수 있지 않을까'라는 생각을 더 해 봅니다.

37. 탱탱한 피부의 일등 공신!
'확실한 콜라겐에 반하다'

"길은 뜻이 있는 곳에 반드시 존재한다.
인생의 행복을 찾는 데 사면초가는 없다."

도대체 여자에게 있어서 젊음이란 무엇일까요? 여자의 인생은 자주 꽃에 비유됩니다. 꽃의 일생은 싹이 돋아 줄기 위로 작은 꽃망울을 맺고 하나둘 꽃잎이 피어나 만개한 뒤에 시들어 죽죠. 여자의 인생은 꽃과 많이 닮았습니다.

탄생부터 소멸까지 본능적으로 아름다움을 추구하는 것이 여자의 본능이라고 합니다. 그래서 차츰 시들어가는 젊음 앞에서 왠지 모를 서글픔을 느끼며 가끔 자주 지난날을 회상하게 되는 것 같아요. 저는 과거의 열정을 되살려 더 뜨겁게 현재를 살아 보려 합니다.

'늙고 싶지 않다'라는 소망은 단순히 젊은 외모에 국한되지만은 않습니다. 세월이 선물한 나이보다 앳된 얼굴을 가지고 젊게 생각하고 젊게 살고 싶은 '간절한 여자의 의지'인 것 같아요. 외모도, 피부도 에너지가 충만했던 시절을 향한 그리움 같은 것이죠. 그래서 발버둥 치듯 저는 노화와 씨름하고 매일 늙지 않는 아름다움을 꿈꿉니다.

30대 후반에 시작한 운동과 다이어트는 저에게 중년 아줌마의 인생에 새 목표를 안겨 줬습니다. 또한 건강하고 탄력 있는 몸을 얻었지만, 급격히 빠진 얼굴 살이 남모르는 고민거리가 됐어요. 바람 빠진 풍선처럼 축 늘어진 피부와 자글자글한 주름을 발견하고 무척 속상해서 눈물을 흘렸던 기억이 아직도 생생합니다.

본격적인 노화 관리를 결심하고 피부과와 에스테틱도 수없이 전전했습니다. 좋다는 화장품을 아낌없이 사서 바르던 시절도 있었습니다. '급격히 나이 들어 버린 기분을 달랠 수 있다면 무엇이든 다 해 보자'라는 생각이었어요.

수많은 시도와 노력 끝에 지금은 홈케어와 이너뷰티로 제 나름대로 완벽하게 노화를 관리합니다. 아무리 좋은 시술과 관리도 꾸준히 반복하지 않으면 임시방편에 불과하다는 것을 깨달았거든요. 일하고 살림하기도 빠듯한 아줌마가 꾸준히 지속할 수 있는 '노화 관리'로는 홈케어만큼 확실한 게 없더라고요.

저는 노화 예방을 위해 확실한 '콜라겐'을 적극적으로 활용합니다. 나이를 먹을수록 피부 탄력이 떨어지는 이유는 피부 속의 콜라겐이 부족해지기 때문이라고 해요. 콜라겐은 체내에서 합성되는 것이 일반적입니다. 그러나 30대 이후부터는 급격히 감소하며 흔히 말하는 '노화'의 징후들이 나타나는 거죠.

피부 탄력 증진과 주름 예방을 위해 저는 수분 보충에 힘쓰면서 줄기세포 성분의 앰플을 듬뿍 발라 줍니다. 그리고 탱탱하게 차오르는 피부 탄력을 되돌리는 해법은 피부 속 콜라겐에 있다는 생각으로 확실한 콜라겐 충전에 힘써요. 먹는 콜라겐 '500달톤 저분자 피쉬 콜라겐 C'와 콜라겐 마스크 팩 '아로셀 탱탱콜라팩'을 활용해 피부 안팎으로 관리를 합니다.

500달톤 저분자 피쉬 콜라겐 C는 상큼한 과일 맛에 반해 꾸준히 먹고 있는 양쥐의 '인생 뷰티템'입니다. 500달톤 저분자 피쉬 콜라겐 C는 어류에서 추출한 콜라겐 성분이에요. 피쉬 콜라겐이 육류 콜라겐보다 흡수가 더 잘된다고 해요. 콜라겐이 풍부한 돼지껍데기와 닭발보다 훨씬 강력한 효과를 기대할 수 있어요.

분자량이 큰 일반 콜라겐과 달리 1㎚ 사이즈의 작은 미세입자로 만들어진 점도 눈여겨볼 만합니다. 500달톤 저분자 피쉬 콜라겐 C는 저분자 트라이펩타이드 콜라겐으로 만들었습니다. 저분자 트라이펩타이드 콜라겐은 아주 작게 쪼개진 최소 분자 단위로 GPH(글리신, 프롤린, 하이드록시프롤린) 성분이 함유되어 일반 콜라겐보다 흡수율이 더 높아요.

또한 콜라겐을 보호하는 비타민 C와 피부 보습에 도움을 주는 히알루론산과 NAG가 함유되어 있습니다. 전 방위적으로 피부를 가꿔 주는 이너뷰티 제품이라고 볼 수 있습니다.

분말 형태로 제작된 스틱 한 포에는 1,350㎎의 콜라겐이 함유되어 있습니다. 식품의약품안전처의 비타민 C 일일 권장량인 100㎎의 165%를 함유하고 있어서 하루 1포 섭취를 추천합니다.

국제 논문에 따르면 콜라겐의 일일 최대 흡수량은 2,500㎎으로 흡수되고 난 나머지는 체외로 빠져나간다고 합니다. 따라서 한 번에 많이 먹는 것보다는 정량을 꾸준히 섭취하는 것이 효과를 높이는 방법입니다.

"덧없는 인생이지만 언제나 감동은 존재한다.
자신의 가치를 알고 가슴 뛰는 삶을 즐기자."

저는 가방 속에 효소와 콜라겐을 항상 가지고 다닙니다. 개별 포장된 스틱이라 휴대하기 좋고 물 없이도 먹을 수 있으니까 언제, 어디서든 간편하게 먹을 수 있거든요. 특히 500달톤 저분자 피쉬 콜라겐 C는 상큼한 레몬 맛이라 간식처럼 맛있게 먹으며 탱탱한 피부 탄력이 돌아오길 기대합니다.

중년의 여성이 되면 자칫 무기력하고 덧없게 느껴질 수 있는 것이 인생이지요. 이런 일상에도 작은 목표가 있으면 삶은 조금 더 즐거워지는 것 같습니다. 긍정적인 목표는 생활에 훌륭한 활력소가 된다고 하잖아요. 늙지 않는 여자의 인생, 늙어 죽을 때까지 아름다운 여자를 꿈꾸는 저의 작은 꿈이 저를 행복하게 하는 것처럼 말입니다.

아내이자 엄마, 주부이기 이전에 우리는 누군가의 딸이었고 처음부터 '여자'였다는 사실을 잊지 않았으면 합니다. 어른의 무게를 견디며 책임감만으로 살아가기에는 여자의 인생이 너무 길잖아요.

끝까지 포기하지 않으면 사는 동안에 실패는 결코 없습니다. 42.195km를 완주하는 마라토너의 마음으로 살자고 말하고 싶네요. 때론 느리게, 때론 빠르게 페이스를 조절하며 달리는 것이 인생이지 않을까요? 그 안에서 '나'라는 풍경도 감상할 수 있는 '여유로움을 가진 여자'로 함께 나이 들기를 양지혜는 간절히 소망합니다.

38. '날씬하고 아름답게!'
영양 밸런스를 마시는 女子

"재테크도, 젊음도 분산 투자가 필요하다.
최적의 영양 밸런스를 유지하며
확고한 '실천 의지'로 '헬스와 뷰티'를 사랑할 것!"

분주한 일상 속에서 '무념무상(無念無想)'의 단순함을 실천합니다. 백 마디 말보다 확실한 한 번의 웃음을 좋아하고, 복잡한 생각 대신 가슴 저미는 멜로 드라마 한 편으로 행복을 찾습니다. 현실은 억척 아줌마지만, 마음만큼은 꽃다운 청춘인 채로 살아갑니다. 조금 엉뚱하지만 그래서 더 즐거운 77년생 뱀띠 아주미의 즐거운 주부 생활 행동 수칙입니다.

어차피 인생은 수많은 난관의 연속이라 일일이 상처받고 주저할 겨를이 없어요. 힘들고 아픈 일은 빨리 훌훌 털어 버리고, 다시 우뚝 일어나 오늘을 더 감사하며 살면 그뿐입니다. 그리고 종일 최선을 다해 살아온 나 자신에게 "수고했다.", "사랑한다."라는 칭찬을 아낌없이 쏟습니다. 아무도 몰라 주는 '주부의 노고'를 나만큼은 칭찬해 주고 격려해 줘야 할 것 같아서요.

올해로 14년째 주부의 삶을 반복하고 있습니다. 육아와 가사를 엄마의 숙명처럼 생각했고, 여자의 꿈을 잃지 않으려고 더 열심히 일하고 최선을 다해서 자기관리를 합니다. 중년의 문턱을 넘어가는 불혹의 아줌마지만 웬만하면 나이를 잊고 살려고 해요. 매년 나이를 먹고 몸의 기력은 떨어져도 마음은 쉽게 늙지 않기 때문입니다.

속절없이 시들어가는 젊음을 볼 때마다 밀려드는 후회와 아쉬움은 어쩔 수 없습니다. 말로 다 설명할 수 없는 복잡미묘한 기분을 더는 느끼지 말자고 자주 다짐하는 것 같네요. 그리고 운동과 식단 관리, 홈케어를 실천하며 젊고 멋지게 나이 드는 여자를 꿈꿉니다.

요샌 너무 흔한 말이 '자기관리'지만, 실천은 절대 쉽지 않습니다. 여자의 관리는 '자신과의 싸움'이라고 말하고 싶네요. 쉬고 싶고 먹고 싶은 마음을 꾹 눌러 참아야 할 때도 있고, 고단한 현실과 타협하며 '포기'하고 싶단 생각도 자주 드니까요. 특히 운동이든, 홈케어든 원하는 만큼 효과가 나오지 않을 때는 단단했던 결심이 자꾸 흔들리는 것을 느낍니다.

이런 위기가 찾아올 때마다 저는 '영양 밸런스'를 체크합니다. 몸에 필요한 영양소가 부족하면 우린 쉽게 피로감을 느끼고 예민해진다고 하잖아요. 몸매도, 피부도 우선은 고른 영양 섭취가 이뤄져야 건강하고 아름답게 유지할 수 있더라고요.

쫓기듯 일하고 살림하며 다이어트 식단까지 병행할 때는 나도 모르게 영양 섭취에 소홀해질 수 있어요. 푸석푸석한 머릿결, 칙칙한 피부는 대표적인 영양 결핍의 징후입니다. 이런 경우 체중 감소 효과는 볼 수 있지만, 피부 노화가 가속화될 수 있어요. 그래서 저는 단백질과 식이섬유가 풍부한 셰이크를 식사 대용으로 섭취해가며 운동과 식단 조절을 병행합니다.

꾸준히 운동으로 몸을 관리하는 분들에게 단백질 보충제는 친구 같은 존재일 겁니다. 저도 그런 사람 중 하나예요. 그래서 매일 아침은 단백질 셰이크 '단백질도 맛있다'를 밥 대신 음용합니다. 식약처의 까다로운 관리와 엄격한 심사에 합격하고 '건강기능식품' 인증을 받은 단백질 보충제라 믿음이 갔어요.

'단백질도 맛있다' 한 포에는 15g의 단백질이 담겨 있습니다. 식약처에서 규정하는 건강기능식품의 단백질 함유 기준인 12g을 웃도는 함량이죠. 지방을 함유하지 않은 순수한 단백질 성분만 담아 오직 '순수 단백질'만 섭취할 수 있어서 다이어트 중에도 마음 놓고 먹을 수 있어요.

7가지 신선한 곡물을 볶아서 만든 제품이라 고소하고 깔끔한 맛이 납니다. 단백질 보충제도 맛있어야 꾸준히 먹게 되잖아요. 오래된 혼합 곡물로 만든 제품 특유의 눅눅하고 느끼한 맛을 싫어하는 저의 입맛에 '볶은 곡물'은 무척 잘 맞았던 것 같아요.

담백한 맛에 반해서 먹기 시작한 단백질 셰이크지만, 효과는 더 확실합니다. 단백질 및 아미노산, 비타민, 식이섬유, 마그네슘, 젖산 등의 필수 영양 성분을 함유하고 있어서 균형 잡힌 영양 밸런스를 유지할 수 있어요. 또한 먹고 나면 포만감을 오래 유지해 주기 때문에 식사 대용으로 활용하기 좋죠.

호박, 양배추, 연근, 케일, 신선초, 당근, 미나리 등의 야채에서 추출한 식이섬유를 풍부하게 함유하고 있어서 다이어트 중 빈번하게 발생하는 변비도 예방할 수 있습니다. 무엇보다 식욕을 유발하는 호르몬인 그레인(Ghrein)을 65%까지 감소시켜 주는 효과가 있어 저 같은 다이어터들이 요긴하게 활용할 수 있는 '영양 보충제'가 아닐까 싶네요.

"한번에 두 마리 토끼는 잡을 수 없지만 한번에 여러 마리 토끼는 키울 수 있습니다."

아주미의 관리는 사치일까요? 저는 "아니다."라고 말하고 싶습니다. 자신을 가꿀 줄 아는 부지런한 여자가 살림과 육아도 잘 해낸다고 자부합니다. 조금 더 피곤하고 조금 더 바쁠 수는 있지만, 결코 불가능한 꿈은 아닙니다.

주부의 현실과 여자의 이상 사이에서 갈등할 때, 우리는 "두 마리 토끼는 잡을 수 없다."라고 변명합니다. 하지만 건강과 미모는 한번에 '획득하는 것'이 아니라 끊임없는 노력으로 '가꾸는 것'이라고 생각합니다. 키우고 가꾸는 일은 실패도, 한계도 존재하지 않습니다. 그저 반복만 있을 뿐이에요.

현실과 타협하는 것은 순간이지만 잃어버린 젊음은 쉽게 되찾아지지 않습니다. 오늘 미룬 관리가 내일의 후회가 될 것 같다면 주저하지 마세요. 잘 먹고 틈틈이 운동하고 꾸준히 바르는 노력이 10년 뒤에는 건강과 젊음이 되어 보답할 겁니다.

39. 젊음을 쫓는 아줌마의
'지식 충전소'

> "인생도, 젊음도 아는 만큼만 보입니다.
> 아름다움을 좇는 여자의 배움은 끝이 없는 것 같네요."

제가 어렸을 적에 저희 아버지는 스포츠 의류 브랜드를 운영하는 사업가였습니다. 항상 바쁘셨지만, 늦둥이 딸을 정말 무척이나 아껴 주셨어요. 지금 제가 운동을 좋아하고 패션과 뷰티에 관심이 많은 것도 어쩌면 아버지의 영향을 많이 받은 것 같아요.

스타일을 중시하시는 아버지와 여자 본연의 아름다움을 중시하시는 어머니 사이에서 많은 것을 보고 배웠습니다. 꼭 책상에 앉아서 읽고 쓰고 외우는 것만이 공부의 전부는 아니잖아요. 어깨너머로 보고 듣고 느낀 모든 것이 지식이 되고 삶을 이끄는 지혜가 되기도 합니다.

저에게 아버지는 좋은 친구이자 선생님 같은 분이셨어요. '더 열심히 살고 더 많이 베풀자'는 저의 인생 좌우명도 사실은 아버지에게서 배우고 느낀 거예요. 돌아가신 아버지는 일에 있어서만큼은 철두철미하셨지만, 좋은 일에는 항상 적극적으로 참여하셨습니다. 어릴 때는 아낌없이 베푸시는 분이 저의 아버지라는 것이 무척 자랑스러웠습니다.

이렇게 인생에도 훌륭한 스승이 존재하듯이 저의 뷰티라이프에도 멋진 멘토들이 존재합니다. 예뻐지고 싶고 젊게 나이 들고 싶어서 시작한 뷰티 일기지만 독학만으로는 채워지지 않는 막연함이 있었거든요.

인터넷에 넘쳐나는 정보만으로는 '진짜'를 구분하기 어려웠습니다. 또 저 혼자 써 보고 저에게 좋은 화장품이 모두에게 잘 맞을 거라는 '확신'도 없었습니다. 우선은 제가 피부와 화장품에 대해 더 많이 아는 것이 먼저이고 중요하다는 생각이 들었습니다.

여러 화장품 회사를 만나 제품에 관해 공부하고 다수 브랜드의 제품을 많이 사용해 보았습니다. 그리고 사용감이나 효과가 우수한 화장품은 성분이나 제조법을 좀 더 알아봤어요. 뷰티 제품에 대한 지식이 조금 생기고 나니 자연스럽게 스킨케어나 뷰티 트렌드에도 더 관심이 생기더라고요.

홈케어를 연구하는 저에게 좋은 스승은 사실 제 딸이었습니다. 유튜브 세대인 딸은 화장품에 대한 지식만큼은 '반전문가'예요. 가장 가까이에서 저와 함께 지내며 홈케어 루틴이나 화장품에 대해 솔직하게 평가해 주니까 아무래도 큰 힘이 돼요. 그뿐만 아니라 요즘 10~20대의 젊은 뷰티 트렌드나 피부 고민도 딸이 있어서 자연스레 더 많이 알게 되는 것 같아요.

더 많은 정보가 궁금할 때는 저도 유튜브나 포털 사이트를 활용합니다. 기초 스킨케어부터 메이크업, 제품 리뷰까지 다양한 정보를 입맛에 따라 골라 볼 수 있으니까요. 경험은 풍부하지만, 지식은 부족한 40대 만학도에게는 정말 요긴한 지식 충전소라 할 수 있어요.

저에게 또 다른 뷰티 멘토는 친정엄마입니다. 어려서부터 극성으로 저를 아끼셨던 엄마는 지금도 저를 보면 늘 잔소리를 많이 하세요. "여자는 나이가 들수록 더 잘 관리해야 곱게 늙는다."라는 말씀은 빠지지 않고 하시는 단골 멘트예요.

특히 '그때 조금 더 신경 썼으면 좋았을 것들'은 저의 뷰티 일기장에 훌륭한 가이드가 되어 줍니다. 그 때문인지 요즘은 늙으신 엄마의 잔소리가 오히려 반갑기도 해요. 여자로서 앞서서 세상을 살아 온 인생 선배님의 조언이라는 생각으로 귀담아들으려고 노력합니다.

일상적으로 얻게 되는 '진짜 뷰티 정보'는 여자들의 수다가 아닐까 싶어요. 사실 아줌마들의 스트레스 해소에는 수다보다 좋은 것도 없죠. 동창 모임이나 동네 친구들을 만나면 종일 시간 가는 줄 모르고 여러 가지 이야기를 나눠요. 다들 주부들이다 보니 관심사도 비슷하고 공감대가 잘 형성돼요.

이런저런 이야기를 나누다 보면 아이들 얘기와 다이어트나 스킨케어도 대화의 주제가 됩니다. 피부과나 화장품 같은 뷰티 관련 리뷰는 정말 현실적인 도움이 됩니다. 살림하는 아줌마들의 안목은 까다롭잖아요. 스킨 한 병도 함부로 쓰지 않는 주부님들의 실전 경험을 통해 얻은 솔직한 평가는 정말 귀에 쏙쏙 들어오는 소중한 정보라 할 수 있어요.

이 밖에도 저의 일상에는 수많은 멘토분이 존재합니다. 스킨케어와 동안 시술에 일가견이 있는 에스테틱과 피부과 선생님, 화장품 제조 업체의 연구원분들이 모두 저에게는 좋은 선생님인 것 같아요.

피부에도 '지피지기면 백전백승'이라고 양쥐는 생각합니다. 늙지 않는 젊음을 위한 관리의 길에도 '배움'은 절대로 꼭 필요해요. 여자의 피부를 더욱 빛나게 해 주는 뷰티 공부는 다른 게 아닙니다. 항상 미용에 관심을 갖고 사소한 것부터 하나씩 실천하는 습관 그리고 자신을 사랑하는 마음이면 충분하다고 생각합니다.

여러분의 뷰티 멘토는 누구인가요? 저는 제 뷰티 일기장이 모든 양쥐님들의 '지식 충전소'가 되는 그날까지 최선을 다해 열심히 만들어 가 보려고 합니다.

40. 아름다움을 실천하는
'1만 시간의 법칙'

"연극 같은 인생이라 희극을 연기합니다.
영원히 늙지 않는 여배우처럼 꿈을 실천합니다."

여자의 계절이 돌아왔습니다. 봄은 시작과 설렘을 담고 온다고 했던가요? 10년 넘게 주부로 살고 보니 봄은 떨림이자 시작이고 약간은 서글픔으로 다가옵니다. 40년 넘게 여자로 살고 있지만, 여자의 마음은 정말 알 수가 없는 것 같아요.

주부의 현실은 불현듯 감성의 메시지도 금방 잊게 돼요. 눈뜨기 무섭게 부지런히 아이들 식사를 챙기고 SNS로 소통하며 평소와 다름없는 일상을 시작합니다. 매일 몸은 바쁘지만 마음의 여유는 잃지 않으려고 해요. 혼자 노래도 부르고 식구들과 농담도 주고받으며 늘 좋은 컨디션을 유지합니다.

요즘 저의 애창곡은 백설희 씨가 부른 〈봄날은 간다〉예요. "연분홍 치마가 봄바람에 휘날리더라. 오늘도 옷고름 씹어가며 산제비 넘나드는 성황당 길에 꽃이 피면 같이 웃고 꽃이 지면 같이 울던 알뜰한 그 맹세에 봄날은 간다."라는 가사를 다들 기억하실까요? 계절을 타는지, 요즘 들어서 가슴을 울리는 가사들이 자꾸 귀에 들어오는 것 같아요.

하루 중 가장 감상에 젖기 좋은 시간은 화장대 앞에서 보내는 아침과 저녁입니다. 말끔하게 출근 준비를 하면서 예뻐 보이고 싶은 평범한 여자 양지혜를 만나요. 그리고 하루를 마감할 때, 내일의 젊음을 위해 홈케어를 하며 온전히 저 자신에게 집중하는 시간을 가집니다.

고단한 하루의 피로를 털어내듯이 말끔히 씻고 방전된 피부에 새 건전지를 끼우듯 화장품을 발라 줍니다. 넉넉히 어림잡아도 30분 정도의 짧은 시간이지만, 심신 안정에는 특효인 것 같아요. 노화의 주범인 스트레스도 풀고 피부의 젊음을 되찾아 주는 스킨케어까지 병행할 수 있으니 일거양득이죠.

그래서 매일 잊지 않고 피부에 시간을 투자하려고 합니다. 어려서부터 음악을 전공하면서 생긴 습관인지 몰라도 저는 꾸준한 '연습'과 성실한 '훈련'을 중요하게 생각해요. 천재적인 재능을 가진 음악가도 공부와 연습을 게을리하면 발전할 수 없거든요. 타고난 미모도 관리하지 않으면 영원하지 않죠.

무엇이든 '1만 시간의 법칙'이 존재하는 것 같아요. 단순히 노력만으로 음치가 천재 가수가 될 수는 없습니다. 하지만 이전보다 노래 실력이 나아질 수는 있어요. 우리도 하루 30분

씩 자신을 위한 투자를 반복하다 보면, 이전보다 훨씬 아름다워진 내면과 외면을 발견하게 될 겁니다.

'1만 시간'은 단순한 예시일 뿐이에요. 작은 목표를 위한 노력과 실천의 결과는 훨씬 더 일찍 찾아옵니다. 저의 뷰티 일기장에 기록된 피부의 변화도 그중 하나가 아닐까 싶네요. 오직 홈케어 화장품으로 관리한 피부가 눈에 띄게 달라지는 것을 발견할 때마다 큰 보람을 느낍니다.

> "전문가의 안목으로 화장품을 선택하고
> 초심자의 마음으로 성실하게 관리합니다."

어떤 분야든 10년 이상 몸담고 있으면 그 분야의 전문가가 된다고 합니다. 그래서 살림에 도통한 주부들을 '주부 9단'이라고 부르나 봅니다. 저는 40대에 홈케어의 길로 접어든 입문자에 불과하지만, 마음은 늘 '뷰티 9단'을 다짐합니다.

1만 시간에 버금가는 노력과 연구 정신으로 동안의 꿈을 이뤄 보려고 합니다. 꾸준한 연습과 반복된 관리만이 유일한 방법이라는 신념으로 노화를 늦추고 젊음을 유지하는 '쉽고 빠른 길'을 찾고자 합니다.

항상 밝고 건강한 마음을 유지하면서 몸에 좋은 음식을 먹고 피부에 좋은 화장품을 바르는 사소한 실천만으로도 외모는 10년은 더 어려질 수 있습니다. 그래서 매일 밝게 웃고 단순하게 생각하고 부지런히 관리하는 여자가 되려고 애를 씁니다.

한 해가 다르게 변하는 세상입니다. 의료 기술의 발달로 평균 수명이 길어지나 싶더니 이젠 화장품만 발라도 젊음을 지킬 수 있게 됐습니다. 자율주행 자동차나 스마트폰이 등장한 것도 불과 10여 년 사이에 일어난 일이에요.

이런 놀라운 기술의 진보를 경험할수록 더 건강하고 젊게 오래 살아야겠다는 생각을 자주 합니다. 70대에도 20대 같은 젊음을 유지해 주는 기적 같은 일이 현실이 될지도 모르잖아요. 당장은 허무맹랑해 보여도 불가능한 꿈은 없다고 합니다. 늘 소원하고 꿈을 잃지 말자고 당부하고 싶습니다.

저의 소망은 평생 시들지 않는 '아름다움'입니다

꽃은 피어서 향기를 남기고 과일나무는 성장해 열매를 맺습니다. 저는 여자의 인생도 향기로운 꽃과 같고 과일을 맺는 나무 같기를 간절히 소망하며 살고 있습니다. 비바람과 추위 속에서도 꿋꿋하게 뿌리를 내리고 싹을 틔우는 생명력을 갖기를 원합니다. 절정의 순간 더욱 빛나는 내가 인정하는 후회가 없는 마음의 결실을 맺기를 희망합니다.

세월에 반대의 인생을 살며 늙지 않고 아름답게 나이 드는 것, 이것은 시대를 불문하고 모든 여자들이 꿈꾸는 희망 사항일 것입니다. 어쩌면 영원히 풀리지 않는 숙제로 남겨질지도 모를 일입니다. 하지만 분명한 사실은 노력하고 관리하는 여자의 시간은 일정 부분 방부제 보존이 될 수 있다는 것입니다.

우리는 10년 더 젊어 보이는 얼굴, 20년 더 건강한 젊음을 유지할 수 있는 시대를 살고 있습니다. 불과 10~20여 년 전까지는 존재하지 않았던 기술과 지식이 생명을 연장하고 젊음과 아름다움을 유지할 수 있는 가능성을 열어 주고 있죠.

누구나 관리하는 시대가 됐고 자신을 가꾸는 일에 정말 자부심을 가져도 되는 요즘입니다. 살림하는 주부라서, 아이를 돌보는 엄마라서, 일하는 직장인이라서 '나'를 외면해 왔다면 이제 자신을 돌아봐도 좋을 것 같아요. 오롯이 '나' 자신으로 살며 행복할 수 있을 때 우리에게 주어진 책임과 의무도 조금은 가볍게, 조금은 더 당당하게 할 수 있지 않을까 싶습니다.

지나고 나면 '한 시절'로 기억될 오늘이지만 결국 인생의 주인공은 우리 자신이잖아요. 나만의 드라마를 쓴다는 생각으로 아쉽게 못다 한 꿈을 꾸고 멋지게 나이 들길 바랍니다. 자신에 대한 애정과 확신을 가진 여자의 드라마는 해피엔딩으로 끝날 수밖에 없다고 생각해요.

젊음과 건강, 아름다움을 향한 우리 주부들의 욕망도 사실은 자신감을 갖고 더 밝고 긍정적으로 살기 위한 노력이잖아요. 말로는 '나를 위한 투자'라고 하지만 결국 가족과 가정의 행복을 위한 투자이기도 한 것 같아요.

더 나아가 여자의 본능에 충실하며 일도, 가정도, 인생도 열정적인 주부로 살고 싶습니다. 저보다 더 먼 미래를 살아갈 제 딸에게도 좋은 본보기가 되길 바랍니다. 가까이에서 비슷한 고민을 하며 살아가는 주부님들에게 작지만 조금은 다정한 조언이 되리라 기대해 봅니다.

저의 목표는 언제나 더 젊게 살고 더 천천히 늙어가며 평생 늙지 않는 것처럼 보이는 아름다움을 보존하는 것입니다. 저의 뷰티 스토리는 여기서 끝을 맺지만, 미를 향한 저의 노력은 앞으로도 절대 멈추지 않을 겁니다.

남은 이야기는 SNS 속 저의 뷰티 일기장에서 함께해요. 오늘도 '젊고! 아름다운! 여자'가 되기 위해 꼭 같이 가요.